# Ne le dis surtout pas à Paul

**Du même auteur**

*La Lettre*, Éditions du Rocher, 2022.

Patrick Sabatier

# Ne le dis surtout pas à Paul

*Roman*

éditions du
ROCHER

Éditions du Rocher
28 rue Comte Félix Gastaldi – BP 521 – 98015 Monaco

*www.editionsdurocher.fr*

ISBN : 978-2-268-11085-1
EAN epub : 9782268111162

*Quand on a été une personne connue, il faut apprendre à aimer l'anonymat comme on a aimé la célébrité. C'est la seule façon de vivre heureux.*

Simone Veil

*À nous dix,*
*sans oublier Diego et Simone*

*Ce fut en voyant la couverture de mon premier roman, ce portrait grisé de femme mystérieuse au visage masqué d'un ruban rouge, que je pris réellement conscience de la maladresse de mon entreprise, enfin, ce que je pensais être une maladresse.*

*Le livre était là, palpable, vivant, lisible, ouvert aux autres.*

*De quelle légitimité étais-je garant ?*

*Avais-je vraiment eu raison d'écrire ce premier roman ? Roman qui révélait au grand public l'étonnant secret enfoui de ma mère. Emma, cette mère courage qui avait dissimulé toute sa vie la douleur d'un enfant qu'un destin tragique lui avait arraché. J'avais voulu lui rendre hommage, lui offrir une parole qu'elle n'avait jamais osé prendre – autre temps, autres mœurs –, et peut-être utiliser cette petite voix pour se faire l'écho de toutes ces femmes qui s'étaient tues dans l'indifférence et le poids des conventions sociales. Mais, finalement, de quel droit avais-je pris cette décision ? Désirant, plus que tout, révéler cette incroyable histoire qui m'avait bouleversé, j'avais dévoilé un mystère, qui me touchait de près, certes, mais qui n'était pas le mien.*

*Non, ce secret ne m'appartenait pas !*

*Je m'étais invité par effraction dans l'histoire intime de mes parents en prenant le risque de ne pas mettre la lumière au bon endroit.*

*Mais on ne choisit pas toujours ce que l'on doit faire ou ne pas faire. Les derniers événements survenus me l'ont démontré...*

*Je vais vous expliquer pourquoi.*

*Je m'appelle Paul, Paul Saran.*

*Qu'est-ce que je ne devais pas savoir ?*

# 1

# Retour

*Dans le train Brive-la-Gaillarde - Paris – Aujourd'hui.*

Les gouttes d'eau glissaient sur la vitre du train... Gouttes éphémères comme le temps d'une vie... si longue, si courte. Paul Saran regardait sans voir le paysage presque flou qui défilait comme avaient filé toutes ces années faites de hauts et de bas qu'on pourrait qualifier de « turbulences ».

C'était un retour sur Paris.

Après deux jours intenses passés avec un public qui l'avait rassuré dans ses doutes, il se perdait quelque peu dans ses souvenirs, dédales inextricables de sentiments d'où jaillissaient des images, des sons, des couleurs, des voix, des rires et des larmes... Kaléidoscope merveilleux d'un passé riche qui, encore aujourd'hui, lui donnait le vertige.

On ne s'habitue jamais à la célébrité !

Où était-il, ce jeune homme passionné de radio, à la voix claire et au visage secret qui avait rêvé de faire vibrer les ondes et qui était devenu en quelques années, sans y avoir été préparé, une icône télévisuelle ? La télé ! Ce monstre formidable qui vous avale, vous fait, vous défait, vous transforme, vous façonne, vous embellit, vous détruit, vous fait phénix, parfois… Que restait-il de ce jeune homme passionné après toutes ces années de notoriété extravagante ?

Les dernières heures passées, folles, exubérantes, inattendues, avaient fait remonter en lui toutes ces questions et en avaient ajouté de nouvelles…

« Bonjour monsieur, votre billet, s'il vous plaît. »

Saran sortit de sa torpeur pour rendre son sourire à la jeune contrôleuse. Elle le regardait avec une certaine intensité… Politesse zélée ? Gentillesse naturelle ? Ou l'avait-elle reconnu ? L'espace d'un instant, il essaya de lire dans son regard. Non, non… Trop jeune, sans doute… Pas la bonne génération. Elle ne paraissait pas reconnaître le Paul Saran d'hier, l'animateur-vedette, celui qu'on arrêtait dans la rue, sur un quai de gare, dans un aéroport, la silhouette enjouée que l'on reconnaissait et à qui on demandait des autographes. Il y avait les admirateurs, les curieux, les moqueurs, les dubitatifs, les cris de joie ou les épaules qui se soulevaient, mais jamais d'indifférence. C'est une chose étrange dans une vie que de sentir sur soi, comme une seconde peau, ces regards appuyés, souvent bienveillants, parfois jaloux, par instants méchants, mais jamais anodins, puis de les voir, avec la patine du temps, s'estomper, se raréfier, jusqu'à disparaître… Oui, une étrange sensation qu'il n'était pas facile de définir.

Les habits de l'anonymat étaient parfois un peu ternes.

Non, cette jeune femme ne le connaissait pas.

Elle ne connaissait pas Paul Saran.

Elle flasha son billet et le lui rendit.

Il se replongea dans sa contemplation du paysage qui ne tarda à se flouter de nouveau pour laisser la place à un autre décor, celui de Brive-la-Gaillarde où il venait de dédicacer en deux jours quelques centaines d'exemplaires de son premier roman, *La Lettre.*

Son éditeur l'avait prévenu... La foire de Brive serait un moment privilégié de rencontre avec le public. « Brive-la-Gaillarde, deux minutes d'arrêt » chantait autrefois la voix du chef de gare avec l'accent roulant du Sud-Ouest, deux minutes d'arrêt, soit, mais deux jours où « ça n'arrêtait pas », où des flots permanents d'amoureux des livres et des écrivains se bousculaient pour obtenir l'attention et la dédicace de leurs auteurs fétiches. Brive-la-Gaillarde, lieu mythique où les grandes plumes du pays s'étaient, depuis cinquante ans, posées quelques heures à la rencontre de leurs admirateurs... Jean d'Ormesson, Daniel Pennac, Régine Deforges, Christian Signol, Jean Teulé, Amélie Nothomb... et tant d'autres écrivains venus célébrer la messe de la littérature. Brive-la-Gaillarde et ce fameux train, qu'Erik Orsenna avait en son temps surnommé le « train du cholestérol », où les auteurs s'embarquaient à Paris dans deux wagons réservés à la « crème » du genre, deux wagons pleins des piaillements d'auteurs excités par la joie de se retrouver, mais débordant vite d'une exubérance alcoolisée. Le train avalait les kilomètres comme les écrivains les toasts de foie gras et les grands crus... Descente infernale ! Après trois heures d'un voyage gastronomique aux maigres échos littéraires, les contours mal dessinés de la gare de Brive apparaissaient sous les effluves de la fine Napoléon. Prends garde, Brive-la-Gaillarde, la culture française débarque !

Saran, sobre comme un chameau, hermétique à la tradition éthylique du voyage, avait posé un pied ferme en un milieu qu'il imaginait un peu hostile. Sobre et lucide. La république des Lettres avait ses pairs, ses codes, ses goûts et ses dégoûts, ses héros et ses têtes de turc ! Saran le comprenait... Il était conscient de sa notoriété passée, de ses succès d'antenne, de sa réussite professionnelle dans un univers qui était aux antipodes des intellectuels français. La vieille rengaine du populaire contre l'élite. Il n'était pas exclu qu'il serait victime d'une forme de snobisme germanopratin. Qui était-il, lui, l'homme de télévision, qui venait jardiner sur les plates-bandes des « vrais » écrivains ?

Il resongea un instant à la bienveillance dont il avait fait l'objet lorsque les télévisions l'avaient invité pour parler du livre... Un voyage heureux au cœur des hauts plateaux qui l'avait rassuré. Saran était toujours reconnu par ses pairs... et on lui avait rendu cet hommage sympathique et, semblait-il, sincère. Mais il s'agissait, là encore, de télévision. Il avait été surpris de l'accueil enthousiaste des Drucker, Ruquier, Pascal Praud, voire, dans un autre genre, Cyril Hanouna, et ému par l'émotion tangible qu'il avait lue dans les yeux des chroniqueurs de *C'est à vous*... Mais ces journalistes parlaient la même langue et connaissaient l'adrénaline que conférait l'audimat quand ils s'adressaient à des millions de téléspectateurs.

C'était une autre paire de manches au royaume de la littérature !

Les romanciers, eux, dans leur immense majorité, vivaient autre chose... C'était souvent, si l'on exceptait les quelques stars du « box-office », le panache dans la confidentialité, la renommée clandestine, les ventes à l'emporte-pièce, et il était sans doute naturel que le sens de l'injustice s'y fasse mieux sentir que dans n'importe quel autre milieu.

Sera-t-il considéré comme un intrus ? Lui, ce nouveau raconteur d'histoires qui était entré dans le temple des lettres françaises grâce à... Paul Saran !

Toutes ces questions avaient été rapidement balayées par l'accueil qu'il avait reçu des lecteurs, des lectrices. Chaleur et lumière. Toutes ces femmes qui s'étaient précipitées pour parler non pas de lui et de l'âge d'or que représentait leur jeunesse quand elles regardaient ses émissions à succès, mais du livre, de *La Lettre*, de l'émotion qu'elles avaient ressentie en le lisant. Histoire incroyable d'une vie, d'un siècle riche et fou, de passions entremêlées, d'un temps où les souffrances ne se disaient pas.

Dans le train qui le ramenait sur Paris, l'écho de toutes ces voix résonnait encore en lui... Des voix et des visages qui se télescopaient, s'emmêlaient, tourbillonnaient dans une valse folle.

Avait-il eu donc raison d'écrire ce livre ?

Oui, mille fois oui ! Car l'histoire d'Emma – il s'en était rendu compte pendant ces deux jours de dédicaces enivrantes – était l'histoire d'un silence « assourdissant » et, au travers de ce récit, c'étaient des dizaines, des centaines de paroles écrasées qui reprenaient souffle. Certaines de ces voix s'étaient confiées à lui, quelques fois sans pudeur, des vies écorchées jusqu'à l'os, des tranches de chagrin... Saran avait eu plusieurs fois la gorge nouée et l'œil humide, au point même qu'il avait cru voir, dans le visage d'une lectrice, la figure tutélaire d'Emma... Était-ce possible ? Lui qui, sans être mécréant, ne portait pas le culte de l'âme dans le cœur. Oui. Le temps d'un instant, il aurait juré que c'était elle... Une apparition impossible... Dans le doute, il avait convoqué le pari de Pascal. Croire que c'était elle, même si c'était irréel, cela faisait rudement du bien de le penser. Emma était venue le visiter pour l'encourager sans doute... L'encourager et peut-être lui dire autre chose. Lui dire qu'il était temps de se poser, de se reposer, de voir le monde autrement, de goûter d'autres plaisirs, de ne plus courir, de savourer les minutes qui passaient, de profiter du bonheur familial, de prendre le temps... Prendre le temps de casser le sablier une bonne fois pour toutes.

Oui, il était temps de faire place nette.

## CHRONIQUE 1 - septembre 1976
## « Les Visiteurs du mercredi »

Quelle surprise de voir l'autre jour à la télévision Paul Clermont, devenu Paul Saran. C'était une émission pour la jeunesse. Je l'ai trouvé très à son aise, avec cette décontraction apparente qui nous plaisait chez lui. J'ai toujours été d'une timidité maladive et le seul moyen que je trouvais de garder une certaine contenance sans avoir besoin de parler, c'était de grignoter toute la journée… Mon tour de taille s'en ressentait. Paul, lui, dans toute circonstance paraissait à l'aise. Il parlait bien, ne rougissait jamais et pratiquait cet humour pince-sans-rire qui nous amusait. Ses séances d'animateur amateur dans la remise de son père tournaient parfois en one-man-show.

Un grand bravo pour sa persévérance. Il y a tellement d'appelés et peu d'élus dans ce métier. J'ai beaucoup apprécié, ce fringant bouclé, Alain Souchon, avec sa chanson, *J'ai dix ans*. C'est moderne, original, tout en jouant la carte de la nostalgie.

C'est vraiment charmant. Ce garçon fera une belle carrière, j'en suis sûr. Il trouve les mots qu'on aime entendre.

J'espère pour Paul que cette première émission sera aussi le prélude à une belle carrière à la télévision.

Je ne manquerai pas de le suivre.

# 2

# Chasseur de souvenirs

*Aux alentours de Fuveau, un matin d'aujourd'hui.*

La maison était calme, baignée de la lumière d'un pâle soleil d'hiver. De son bureau, Saran regardait les hauts cyprès qui balançaient leur maigre silhouette au fond du jardin. Il frissonna. Le Sud était glacé cette année. Suzanne, son épouse, s'était absentée quelques jours pour visiter la famille et il était seul à bord avec Véga, sa chienne. Paul appréciait l'élégance de Suzanne qui prétextait des impératifs familiaux alors qu'elle voulait le laisser tranquille. Il faut dire que Paul et Suzanne ne décidaient jamais rien l'un sans l'autre. Chacun doté d'une forte personnalité, d'un caractère très différent, ils étaient parvenus, grâce à l'attention constante qu'ils se portaient, à surmonter les épreuves d'une vie et à maintenir intacts les sentiments qui les unissaient depuis quarante ans.

Ces moments de solitude tombaient à point nommé pour entreprendre un nettoyage en règle. Le plus difficile était de commencer. Le bateau n'était pas ivre, mais plein de fantômes… Oh, des fantômes bienveillants qui hantaient les lieux depuis longtemps et qui n'étaient pas pressés de prendre le large. Mais Saran était déterminé. Aujourd'hui, pour lui, la vie avait de nouvelles saveurs et il souhaitait les goûter avec le plus de sérénité possible. Les voyages, les enfants, les petits-enfants, le plaisir de la lenteur, la volupté de ne plus devoir plaire à tout prix, autant de petits instants délicieux qu'il désirait goûter. Faire table rase, certes, mais pour mieux la remplir à nouveau et éviter que son avenir ne soit constitué que de souvenirs. Souvenirs qui devaient garder leur juste place, sans encombrer, bien rangés.

Le mois dernier, il avait donné l'ensemble des costumes qui avaient jalonné sa carrière, habits de lumière qui n'avaient été parfois portés qu'une ou deux fois. Ces armures de soie, de tergal et cachemire qui n'étaient là que pour le protéger de son moi profond, de ses origines peut-être, ces uniformes d'apparat qu'il ne porterait plus. Il avait eu un léger pincement au cœur… Le poète Lamartine avait-il raison ? Les objets inanimés avaient-ils donc une âme qu'on ait souvent tant de mal à s'en séparer ? Adieu veaux, vaches, cochons, costumes et paillettes !

Il fallait tourner la page, passer à autre chose… Apprendre enfin à aimer l'anonymat, comme il avait aimé la célébrité.

Aujourd'hui, il était là dans sa pièce de travail, vaste espace perclus des archives de sa vie. Il se tourna vers le grand mur tapissé de cassettes VHS, banque d'images sur support magnétique que le progrès galopant avait rendue obsolète. À quoi bon garder toutes ces reliques ? *Idem* pour ces centaines de revues où il faisait la première de couverture… *Télé 7 jours*, *Paris Match*, *Jours de France* et tant d'autres qui avaient figé sa jeunesse dans ces moments de marketing où les escarcelles des patrons de journaux brillaient d'or. En ces temps-là, les animateurs vedettes garantissaient de bonnes ventes aux groupes de presse. Il les fit défiler une à une…

Saran s'arrêta un instant sur la couverture d'un numéro de *Télé 7 jours*… Un quatuor de tête, tout sourire, qui regardait avec assurance l'objectif. *Les Quatre mousquetaires de l'audience*, en gros titre… Ceux-là ne travaillaient pas pour le roi, mais pour TF1, dont les parts de marché, elles, étaient reines. Michel Drucker, Jean-Pierre Foucault, Patrick Sébastien et Paul Saran, lui-même. Aussitôt les images affluèrent. Paul se revoyait dans ce grand studio photo du 17e arrondissement de Paris pour poser. Entre les prises, chacun y allait de sa petite anecdote savoureuse… Jean-Pierre Foucault, toujours plus bonhomme, nous avait rappelé l'émotion de Linda de Suza quand, lors d'une émission de *Sacrée Soirée* qui faisait la promotion de son livre *La Valise en carton*, la chanteuse retrouve celle, véritable, avec laquelle elle avait quitté le Portugal. Elle avait fait chavirer les cœurs de dizaines de milliers d'immigrés portugais qui avaient connu la douleur de s'arracher à leurs racines. Puis Patrick Sébastien, évoquant la soirée où il avait arraché des larmes à Gainsbourg en faisant venir une chorale d'enfants déguisés en lui-même… Une vingtaine de mini-Serge, la fausse clope au bec, fichus de lunettes noires et qui chantaient : « On est venu te dire combien on t'aime. » Le fumeur de Gitanes avait craqué. Drucker s'était alors souvenu de son plus grand malaise sur un plateau de télé avec un Gainsbourg devenu « Gainsbarre » jetant à la face de la délicieuse Whitney Houston : « *I want to fuck you* », que nous traduirons par : « Je vous trouve très jolie. »

Paul eut une pensée émue pour le beau Serge qu'il avait tant aimé, lui aussi. Ce grand buveur, fumeur, noceur, réceptacle de tant de vices qui étaient aux antipodes du mode de vie de l'animateur, avait été son ami. De ces amis qu'on observe en silence sans oser crier son admiration.

Les rires avaient fusé pendant cette séance de photos et les armes de la concurrence avaient été déposées à la porte du studio. Saran avait en commun avec ces trois hommes la même passion dévorante pour la télévision et l'envie inextinguible de vouloir faire passer un agréable moment aux téléspectateurs pour qu'ils oublient, le temps d'une soirée, une partie de leurs soucis.

Cependant, derrière ces masques de bienséance et de respect mutuel, il n'y avait pas d'amitié, il ne pouvait pas y en avoir. La chaîne les mettait en concurrence et leur demandait le meilleur d'eux-mêmes. Chacun d'entre eux avait une « case » hebdomadaire et elle devait briller de mille feux ! Le lundi était dévolu à Michel Drucker avec *Stars 90*, le *Sacrée Soirée* de Jean-Pierre Foucault faisait rêver les mercredis soir, Paul avait la case nostalgie du vendredi soir avec *Comme on se retrouve*, et le samedi terminait en paillettes exubérantes avec *Sébastien c'est fou*. Chaque animateur était jugé sur son audience. Ce n'était pas une course contre la montre, mais un enjeu vital sur ce que *l'on montre* ! Le vivier d'artistes n'était pas un puits sans fond et c'était à qui aurait la meilleure programmation. Pour ces quatre soldats de l'audimat, il fallait être le premier à recevoir les artistes en promotion. Ils se battaient pour Hallyday, Sardou, Goldman, Vanessa Paradis, France Gall et Michel Berger, mais aussi pour Alain Delon, Belmondo, Serrault… sans oublier les vedettes internationales comme Sylvester Stallone, Harrison Ford ou Tina Turner.

Paul Saran respectait le travail de ses confrères comme il appréciait qu'on respecte le sien et jamais il ne se serait autorisé à les critiquer en public. En privé, tous les avis étaient permis… Dans les dîners amicaux, les langues se déliaient.

Saran fit rouler la grande malle jusqu'à son bureau pour y jeter pêle-mêle les traces éphémères d'un passé révolu… C'était symbolique bien sûr, mais Saran aimait les symboles. Cette notoriété d'un autre temps ne faisait plus partie de sa vie… Emma n'était-elle pas venue pour lui suggérer de couper le cordon ? Peut-être. En tout cas, cela correspondait à son sentiment du moment. Il avait eu une vie professionnelle riche, pleine, exaltante, n'avait aucun regret, aucun remords, et ce regard apaisé sur son passé ne lui donnait aucune envie de continuer ou de recommencer. C'était un bilan qui ne pouvait laisser aucune place à la frustration.

Dans un geste qui le fit sourire, il craqua une allumette imaginaire et la jeta dans la malle… Brasier de souvenirs ! Puis son regard se porta sur une étagère un peu plus haute où trônait, sous la poussière du temps qui passe, une petite mallette de cuir brun. Il esquissa un sourire. Elle appartenait à Emma. C'était une sorte de petit bagage d'intérieur, où voyageaient uniquement ses affaires personnelles, que Paul avait récupéré au décès de sa mère. Par pudeur, par respect, par crainte de faire remonter trop de chagrins peut-être, il ne l'avait jamais ouvert. Il était resté là depuis toutes ces années comme un petit coffre qu'on ne profane pas. Mais l'heure n'était plus aux atermoiements ni aux pudeurs… Paul avait vieilli et Emma n'avait plus de secrets pour lui. Il attrapa la mallette, la posa sur ses genoux et l'ouvrit avec un léger pincement au cœur. Petit sanctuaire fourre-tout où Emma avait entreposé son trésor. Il était composé de nombreux articles de presse et de photos qui avaient jalonné la carrière de son fils et des rencontres qu'il lui avait fait faire. Sur l'une d'entre elles, Emma était toute pimpante adossée à la Rolls Royce de Charles Trenet qui l'enserrait dans ses bras ; sur une autre, elle posait avec Julio Iglesias, ce chanteur espagnol qu'elle idolâtrait. Il y avait aussi des captures d'écran à l'ancienne, quand elle prenait en photo directement l'écran de télévision où Paul recevait ses vedettes fétiches. Fourre-tout de souvenirs où les couvertures de magazines découpées côtoyaient les articles de presse les plus élogieux... Voilà donc ce que renfermait cette mallette. L'intimité d'Emma. C'était le regard sur son fils, comme si elle voulait garder une trace de quelque chose qui ne saurait être qu'éphémère, d'une réussite éclatante qui ne pourrait pas toujours briller. Paul sentit l'émotion lui piquer les yeux car les odeurs et les impressions, les sentiments d'alors lui revenaient aussitôt... Il faisait défiler des morceaux de vie. Ses doigts agrippèrent les bords dentelés d'une photo de sa mère.

Elle était seule, l'air un peu triste avec un demi-sourire fatigué. Un instantané qui avait dû être pris à la fin des années soixante si on en croyait la coupe de cheveux. Il s'apprêtait à refermer la mallette quand son attention fut attirée par une autre photo, plus grande. Une photo de classe. Saran sentit une petite bouffée de chaleur l'envahir. Il se souvenait... Mû par un curieux réflexe, il porta la photo à son nez et en aspira l'odeur. Fragrances d'un autre temps. Magie de l'odorat. Les images revinrent d'un coup et la photo s'anima. Le noir et blanc muta en couleurs et les rires éclatèrent, sonores et modernes... Le prof était au centre, assis bien droit, la poitrine gonflée, le menton haut, l'œil lumineux et le cheveu parfaitement lissé à la Gomina. À ses pieds, la petite ardoise où était tracé, dans une écriture propre et appliquée, le nom de la classe : 3e B – 1965... La troisième B ! 1965, l'année de ses quatorze ans. Paul s'identifia aussitôt... Il était au milieu, à droite, tout sourire, heureux de poser avec ses copains. Mystère de la mémoire, il se souvint de cette cravate à rayures, un peu ridicule, qu'Emma avait voulu lui imposer à tout prix pour la séance photo. C'était une époque où les mamans attachaient de l'importance à ces choses. Il fallait « présenter bien » pour faire bonne impression, représenter la famille avec une certaine élégance. Dans sa jeunesse de petite Italienne immigrée, Emma avait souffert de la différence et avait fait en sorte de s'intégrer, de tout faire pour être comme les autres. La discrétion était le meilleur des costumes.

C'était drôle comme tout cela prenait vie...

À sa gauche, c'était Hervé, Hervé Charolles ! Le nom lui revenait instantanément. Un vrai déconneur, ce gars... Il avait encore dû charrier le photographe, monsieur Roussel, avec sa tonsure de prêtre. Et lui là, la grande asperge qui portait des culottes courtes en toutes saisons ? Comment s'appelait-il déjà ? Savait plus... Beaucoup de noms lui échappaient. Par contre, ceux de la bande, la fameuse bande de la 3e B, les inséparables, ça, il s'en souvenait comme si c'était hier. Ses vrais potes ! La demi-portion qui collait monsieur Joubert, le prof, c'était Dussalier, Guillaume Dussalier... Sacré lèche-bottes, celui-là, mais bonne poire et bon copain. L'autre, au-dessus de sa tête, facile : c'était François Contini, un gars d'origine italienne. Emma l'aimait bien parce que lorsqu'il venait à la maison, il lui bricolait quelques mots d'italien dans le creux de l'oreille, ça la faisait rire. Un autre que sa mère aimait bien aussi, c'était le sportif de la bande, Vincent Bonneterre. Il était là, au premier rang avec son visage d'ange et ses cannes de serin. Il n'avait pas l'air comme ça, mais à la course à pied, il mettait toujours la honte à tout le monde ! Malgré son costume de sport trop large pour lui, c'était une véritable fusée ! Il devait amadouer Emma, parce qu'il était toujours le deuxième à boulotter les madeleines qu'elle faisait le jeudi après-midi – le premier étant ce glouton de Renaud. En tout cas, ce que Paul appréciait le plus chez Vincent Bonneterre, c'était sa sœur, sa sœur aînée, une fille avec des yeux de biche et des cheveux noirs comme le jais. Elle ressemblait à un modèle de tableau. Là encore, de nouvelles émotions affluèrent… Agnès, qu'elle s'appelait… Agnès Bonneterre qui deviendrait plus tard Agnès Delcroix. C'était la seule qu'il avait revue depuis toutes ces années. La seule qui n'était pas sur la photo. Elle avait fait une belle carrière.

Quant aux autres, qu'étaient-ils devenus ?

Paul ne put s'empêcher un sourire affectueux en reconnaissant Serge Ruben, une figure, pour ne pas dire une gueule ! Quand on voyait Serge, on ne pouvait pas s'empêcher de dire : « Ce gars a vraiment une gueule ! » Les traits massifs, un nez fort, un front haut, et un regard électrique qui ne laissait pas indifférent. Lui aussi, comme Dussalier, était un rude candidat à la première place. Ses parents tenaient une boutique de chaussures. Pas très difficile de savoir ce qu'il était devenu puisque l'enseigne *Serge Ruben, chausseur*, s'affichait dans quelques capitales d'Europe. Quelques années plus tôt, Paul avait failli le croiser dans le cadre d'une de ses émissions, mais la rencontre ne s'était pas faite.

Le dernier de la bande, c'était le gourmand ou le glouton… Renaud Dupeyron. Son physique un peu rond trahissait son goût immodéré pour les friandises. Sourire. Et lui, qu'était-il devenu ? Pâtissier, peut-être ?

La bande des six ! Une bande de copains toujours fourrés ensemble. C'était amusant comme les noms lui étaient revenus presque aussitôt, comme si les bientôt soixante ans passés n'avaient pas altéré sa mémoire.

Plus il y pensait, plus les images se faisaient vives… L'odeur âcre du petit café de la place de la mairie de Bagneux lui revint instantanément dans les narines, accompagné du bruit de la clochette défaillante… Ce café, qui pour les parents de Paul était un lieu de débauche interdit. Premières audaces.

Il tourne la tête vers la droite pour apercevoir Hervé qui s'excite comme un damné sur le flipper… Cette machine infernale, c'est son dada. Dès qu'il a deux minutes, il se précipite dessus pour le rouer de coups sauvages. Hervé a le sang chaud et il part très souvent au quart de tour. Il y a toujours cette sorte de colère en lui. Sa vie à la maison n'est pas facile. Il a beau faire le bravache, on sait tous que le divorce de ses parents le mine. Cette colère, c'est du chagrin.

*Idem* quand Paul voit là-bas, au fond du café, étalé sur la banquette, François avec cette petite blonde au regard énamouré qui le couvre de baisers indécents. Il n'est pas mal, c'est vrai, avec sa fossette de voyou qui les fait toutes craquer ! Toujours aux premières loges, le Contini, à lui piquer ses coups de cœur ! Paul tire un trait sur cette rivalité de coqs et passe à la silhouette un peu replète de Renaud qui gigote devant le jukebox… Il fait danser sa chevelure au bol sur la chanson *Ticket to ride* des Beatles. Il est boudiné dans ce petit costume cintré avec des revers en velours qu'arborent les *Fab four* depuis quelques mois. Dupeyron est incollable sur le groupe de Liverpool dont il fredonne les chansons à longueur de journée. Les copains ont beau lui dire que cette coiffure à frange ne lui va pas du tout, rien n'y fait ; il veut leur ressembler coûte que coûte, aux enfants de Liverpool. Il fait claquer ses bottines à talons hauts dont il est si fier. Elles ont été achetées chez le père Ruben qui fait 3 % de remise à tous les amis de son fils... Chez les Ruben, les affaires sont les affaires, un sou est un sou et un soulier, un soulier. Paul s'en souvenait d'autant mieux que sa mère avait toujours gardé un souvenir attendri de cette période où 3 % de remise, ce n'était pas rien ! Emma savait le prix des choses. S'en moquer serait sacrilège. Tiens, là-bas... Le fils Ruben justement, Serge le Magnifique qui fait des effets de manche devant Vincent Bonneterre. Il donne toujours l'impression d'être en représentation, Sergio. Comédien dans l'âme. Paul se mit à rire malgré lui. Il venait de se souvenir de l'idée fixe de ce fils de chausseur au rictus toujours rigolard : il voulait devenir comédien américain ! Pas seulement comédien, mais comédien *américain* ! Chez lui, on vénérait Hollywood, la MGM, Metro, Goodwyn et Meyer, le trio gagnant, Warner, Selznick... C'était presque une affaire de famille. Il faut dire que chez les Ruben, il y avait une certaine fierté à savoir que là-bas, les patrons, c'étaient eux ! Qu'ils avaient inventé John Wayne, Greta Garbo, Gary Cooper, Cary Grant, Clark Gable, Carole Lombard, Tony Curtis, Marylin Monroe... Que Ernst Lubitsch, Michael Curtiz ou Billy Wilder, c'étaient des cousins immigrés... Alors, pourquoi pas Serge Ruben ? Oui, il deviendrait, Steeve Ruben qui jouerait aux côtés de Paul Newman et donnerait la réplique à Robert Redford !

Comment s'appelait-il déjà ce petit café aux airs d'antan où les premiers émois s'étaient nourris ? Le nom lui échappait... Étrange comme les souvenirs avaient le sens du désordre, ils ne s'éteignent pas, ils s'évaporent, puis se redéposent en pluie éparse.

Paul songea à la chanson de Bruel, *Place des grands hommes*, une chanson que Patrick avait composée spécialement pour une émission de *Comme on se retrouve*. Une pensée fugitive le traversa, il eut soudain comme une envie de recherche. Une quête en amitié... Et s'il se faisait son propre *Comme on se retrouve*, mais à l'envers... Ce ne serait pas les amis qui viendraient à lui, mais lui qui irait vers ses amis. Paul sourit et lança tout de go, à une cantonade imaginaire : « Si tu ne viens pas à Saran, Saran viendra à toi ! »

Son rire résonna dans le silence de la grande maison.

La chienne aboya et la caravane des souvenirs repassa.

La lumière se tamise peu à peu sur les visages et les corps deviennent des ombres, la musique emplit l'espace et une odeur de patchouli agresse les narines de Paul... C'est la cave du pavillon du docteur Contini qui accueille les copains. Les parents de François possèdent une petite maison assez cossue avec une remise suffisamment grande pour organiser une boum – une surboum comme on disait alors. Dans le fond, sur une planche à tréteaux, les gâteaux et les boissons sans alcool apportés par chacun trônent, prétexte nécessaire pour occuper des mains qui se préféreraient baladeuses. La boum, c'est l'occasion d'approcher de près les *girls* qui, bien souvent, narguent les garçons avec leurs résultats scolaires. Elles minaudent moins sous le feu des spots colorés que Serge a prêtés. Petites grappes de filles qui se trémoussent sous les accords brillants des Doors et qui s'extasient au son envoûtant de la voix du beau Jim Morrison. Elles gloussent et appâtent tandis que, en retrait, les audacieux élaborent des stratégies d'approche quasi militaires. Bien sûr, François, le séducteur de ces dames, est hors-jeu puisqu'il est déjà « en main »... Encore que, étant un garçon très organisé, la perspective d'un doublé clandestin n'est pas à exclure. Paul, lui, a des visées sur Myriam, une petite blonde frisée dont la timidité affichée ne peut être que le tremplin d'une victoire assez rapide. Il mise beaucoup sur ce qui sera son premier baiser... Un petit regard furtif sur un Vincent Bonneterre assis sur sa chaise et qui tripote son gobelet en carton, le visage fermé. Il n'a jamais apprécié ces petites manifestations, *Vince.* Toujours un peu en retrait. En voilà un qui ne jouerait pas sur ses plates-bandes. La voie est ouverte pour son exploit. Paul extrapole déjà, imaginant cette petite conquête blonde trônant fièrement sur le porte-bagage de son pétaradant Solex 3300, les cheveux au vent, les rues de Bagneux témoins de son triomphe amoureux. Elle a de magnifiques cheveux, Myriam. Faut dire que sa mère est coiffeuse et tient le *Bel'hair* qui propose des coupes « Beatles » pour être dans le vent. Paul inviterait Myriam dans sa propre cave et lui jouerait le grand jeu. Il sortirait le tourne-disque Teppaz, le magnétophone Grundig et lui montrerait ce qu'il savait faire avec un micro. Paul voulait déjà tracer sa voie, lancer sa voix et il avait besoin d'un public.

Le zoom recula, et Paul se retrouva dans son bureau avec sa chienne qui lui mordillait le bas de pantalon. Il était temps d'aller se promener. Véga le regardait de ses grands yeux gris comme si elle se demandait ce que son maître faisait à prendre la poussière dans tous ces vieux cartons, alors que la vie était pleine d'odeurs exaltantes et de sensations fortes. Paul sourit. Lui aussi avait besoin d'air.

Dehors, la brume avait nimbé le jardin et déjà le corps svelte de Véga n'était plus qu'une silhouette vagabonde.

Saran respira à pleins poumons cet air frais et se sentit presque conquérant… conquérant de ses souvenirs qui revenaient par saccades. Ce brouillard le ramena à une autre image de décembre 1965, celle d'Adrien, son père, qui trépignait devant la petite télévision en noir et blanc en attendant le résultat des élections où le général de Gaulle avait remis le sort de la France entre les mains de chaque Français. Pour la première fois de son histoire, le peuple entier allait élire son président au suffrage universel. Une révolution démocratique qui allait bouleverser la vie des Français. Pour l'heure, le général de Gaulle remettait sa fonction au gré du plus grand nombre, reléguant le collège de 82 000 grands électeurs qui avait permis son élection sept ans plus tôt au rang d'une élite d'un autre temps.

Face à lui, se tenant droit dans un socialisme combattant, le parlementaire François Mitterrand prône le « coup d'État permanent », critiquant sans relâche la pratique d'un pouvoir trop personnel.

C'était plutôt lui, le choix de son père, ce socialiste bon teint qui promet un avenir plus souriant à ses électeurs. Avec François Mitterrand au pouvoir, demain on rasera gratis. Les arguments de cet ancien commissaire au reclassement des prisonniers pendant la dernière guerre convenaient à Adrien, qui percevait les injustices du monde comme un affront personnel. Plus de paix, plus de justice sociale, plus de bien-être… Une gauche qui répondait aux attentes de demain, aux antipodes d'une droite qui s'accrochait aux bienfaits d'hier.

Que demandait d'autre le peuple ?

Paul s'assit un instant sur le petit banc de pierre cerné de quelques cyprès dont les cimes étaient floutées par le brouillard. Un peu plus loin, la piscine avait été recouverte. Malgré cette petite balade récréative au cœur de la plénitude provençale baignée d'une fraîcheur hivernale et propice à la simple contemplation, il ne pouvait s'empêcher de repenser à cette bande de copains… En ouvrant la mallette d'Emma, c'était comme s'il les avait sortis d'une boîte à souvenirs magiques… Encore quelques minutes auparavant, ils n'existaient pas, ils n'existaient *plus* et voilà que soudain ils revenaient à la vie. Par un dernier « caprice » d'Emma, tous ses vieux « potes » s'invitaient dans sa vie… Il eut soudain envie de revoir la photo. Véga avait abandonné sa chasse aux serpents pour revenir aux pieds de son maître. Elle posa sa tête sur son genou et le regarda de ses grands yeux tendres. Que se passait-il ? Pourquoi ne lui lançait-on pas son bâton ? Elle jappa. Elle sentait que son maître était préoccupé.

Paul réintégra son bureau pour observer à nouveau ce cliché d'un autre temps, synonyme de ces années merveilleuses qui l'avaient construit, façonné… Pour lui, la suite n'avait été qu'une sorte de long rêve éveillé où sa passion s'était pleinement réalisée. Et pour eux ? Qu'est-ce que la vie avait bien pu leur proposer ? Étaient-ils eux aussi allés au bout de leur rêve ? Serge Ruben, il le savait, n'était pas devenu un acteur américain puisqu'il chaussait les actrices françaises. Mais les autres ? Contini avait-il réussi ses études de médecine ? Et Hervé Charolles, cette grande carcasse fort en gueule ? Tiens, pourquoi donc tirait-il la langue sur la photo ? Peut-être à Saran lui-même… Une pitrerie qui traversait le temps pour le titiller.

Paul sentit comme un vent de juin lui souffler entre les oreilles.

# 3

# Cas d'école

*Bagneux – Juin 1965.*

Le mois de juin est beau et odorant. Les glycines embaument l'air, les acacias poussent leurs épines, le vrombissement des abeilles répond aux dernières notes de la chanson *Poupée de cire poupée de son* qui caracole au hit-parade.

La cuisine est baignée de lumière et Emma s'affaire au fourneau pour préparer les gâteaux du goûter. La bande de morfales va rappliquer dans l'après-midi et elle ne veut pas de réclamations. Elle connaît l'engeance : les copains de Paul ne sont pas des petits anges quand il s'agit de manger. Des garçons en pleine croissance qui ont besoin de reconstituants. En mettant ses madeleines au four, elle sourit, imaginant déjà la *testa* (Emma restera italienne dans l'âme toute sa vie) du petit Renaud qui engloutit ses gâteaux comme si ses parents ne le nourrissaient pas.

— Maman, je ne relis pas bien le mot, là !

Emma se retourne vers Paul qui lui tend la liste des courses qu'il doit rapporter après la séance de photos.

— Un chou-fleur... *Calvofiore*! Ah, tu vois qu'il faut bien travailler à l'école si tu ne veux pas avoir l'écriture de ta mère! J'aimerais que...

Elle s'arrête soudain, fronçant les sourcils.

— C'est quoi cette chemise?

Paul recule d'un pas, étonné.

— Tu vas me faire le plaisir d'en changer... Tu mets la blanche avec la cravate bleue.

— Une cravate? C'est vraiment utile?

— C'est la photo de classe, mon grand! Tu dois faire bonne impression. Mon fils n'est pas un pouilleux!

Paul ne réplique pas, consentant de mauvaise grâce à la consigne. Sa mère est douce et gentille, mais elle a cette petite autorité naturelle de la *mamma* italienne à laquelle aucun fils ne sait résister. Sa parole, sans être d'évangile, est souvent celle du bon sens.

C'est dans un costume fraîchement repassé, les chaussures impeccablement cirées et le cheveu parfaitement coiffé que Paul déboule dans la cour du collège public Jules-Ferry... Les copains sont déjà presque tous là, au pied des marches, face à l'enseigne de l'établissement. Monsieur Roussel, le photographe qui vient tous les ans, tente de faire preuve d'une autorité qu'il ne trouve pas. Il partage cette détresse avec le professeur de gymnastique. Un peu plus loin, Renaud Dupeyron, pitre malgré lui, mime un joueur de guitare sous les rires amusés de la bande. George Harrison, sans doute.

— Monsieur Dupeyron, je vous ai déjà dit que cette coupe de cheveux n'est pas réglementaire!

Renaud se retourne et coupe le son.

— On n'est pas à l'armée, m'sieur.

— Non, mais faute du « trou », vous pourriez finir dans le bureau du directeur, monsieur le beatnik. Gominez-moi tout ça ou vous ne serez pas sur la photo !

Les rires fusent.

Paul s'y joint.

Dussalier, bonne pâte, prête son tube de brillantine à Dupeyron.

Monsieur Louvois est le professeur principal de la troisième B. Il possède une intransigeance bonhomme, un paradoxe qu'il accompagne d'un éternel sourire ambigu. Pour l'occasion, il a laissé sa blouse grise au porte-manteau et revêt un costume bon marché qu'il porte malgré tout avec une certaine prestance.

Instinctivement, les copains se sont agglutinés pour se retrouver ensemble sur la photo, mais c'est sans compter sur le professionnalisme de monsieur Roussel qui a le sens des proportions, le goût de l'esthétique et le désir du travail bien fait. Cela passe par la dictature de l'harmonie et de l'égalité. Pas question pour lui de laisser dépasser une tête. Les grands assis devant, les petits derrière, debout sur un banc et les tailles moyennes au centre. Magie de l'équilibre. Hors de question pour monsieur Roussel, photographe de réputation communale, de livrer une photo à la géométrie inappropriée. Dans ces considérations artistiques, Paul se retrouve au centre, à droite, à côté de Serge Ruben ; un peu plus loin, assis, se profile la haute carcasse d'Hervé Charolles qui se trémousse, impossible pour lui de rester tranquille, c'est un hyperactif. Les deux plus petits de la bande, Renaud Dupeyron et Vincent Bonneterre, sont sur le banc, coude à coude. Bien sûr, Guillaume Dussalier, soldat de la moyenne, mais également fort en thème, s'est arrangé pour être à côté de monsieur Louvois. Son père, qui travaille dans les assurances, est également élu au conseil municipal de Bagneux, une double casquette qui lui a sans doute donné le sens des relations qu'il faut avoir et qu'il avait inculqué à son fils. Avoir l'oreille du pouvoir ne peut jamais nuire.

Paul est déjà en pleine conversation avec Serge. Les deux amis ont en commun le goût du spectacle.

— Tu as regardé *La Piste aux étoiles*, samedi ? Y avait un numéro épatant de singes qui jouent de la guitare.

— Bof, les singeries du père Roger Lanzac, c'est pas mon truc ! réplique Serge, ça t'épate, toi, les types qui rebondissent sur des sommiers ou qui jouent au cerceau avec des fauves ?

— C'est le spectacle qui m'enchante. Je trouve Lanzac formidable !

— Eh ben, mon vieux, t'es pas difficile, avec ses valoches sous les yeux, on a toujours l'impression qu'il part en voyage.

Paul hausse les épaules.

— Idiot ! C'est un super professionnel. Il est toujours juste, son élocution parfaite et son texte est plein d'humour… C'est un pince-sans-rire.

— Je me suis toujours demandé si c'était improvisé ce genre de machin.

— Tu rigoles, c'est très écrit au contraire. Monsieur Loyal, c'est un comédien qui joue son texte.

Serge rigole, un peu sarcastique.

— Franchement, je te laisse cent Lanzac pour un John Wayne. Ça, c'est du comédien. T'as pas vu *La Prisonnière du désert* de John Ford hier après-midi ? Extra !

John Ford et le western, c'est sa passion à Serge. Pour lui qui veut devenir acteur américain, l'exemple à suivre, c'est celui de *L'homme qui tua Liberty Valence*, le héros mythique, symbole d'une Amérique puissante et virile. Paul est moins impérialiste dans le choix de ses idoles.

— Messieurs, je réclame un peu de silence et de discipline !

Monsieur Louvois, de sa grosse voix chaude et bien timbrée, vient de répondre à l'injonction du photographe qui, d'un regard sombre, lui a fait savoir son mécontentement.

En 1965, l'autorité professorale avait encore tout son sens.

Le silence s'installe aussitôt.

Un dernier regard panoramique de monsieur Roussel avant qu'il plonge la tête sous son rideau noir.

— Ne bougez plus !

Tous se figent, à l'exception d'Hervé Charolles qui tire la langue.

Flash !

*

Malgré la fraîcheur de cette fin de matinée, Saran était toujours assis sur son banc de pierre, en proie aux réflexions les plus vives. Il balayait ses souvenirs, les dépoussiérait, en écartait certains comme on repousse de vieux vêtements de théâtre, essayait d'en chercher d'autres, de les trier, de mettre du sens... Difficile. Images volages. Peu de temps après cette photo de juin 1965, les grandes vacances, si longues à l'époque, avaient dû séparer la bande... Il avait beau fouiller dans les replis de sa mémoire, il ne parvenait pas à rendre les choses chronologiques, cohérentes... Les souvenirs de l'enfance sont souvent faits de plaines lumineuses et ensoleillées, de chemins creux et odorants, de vent dans les cheveux, de vélos qui déraillent, de chutes sans conséquences, de bagarres sans douleur, de rires innocents, de sourires maternels, de feux de cheminée, de cadeaux ouverts, d'odeurs de boulangerie sucrées et de pain chaud...

Les souvenirs ne s'éteignent pas, ils s'évaporent.

Cette odeur de laurier qu'il sentait sur le chemin de la plage lorsqu'il était en colonie de vacances à Royan, lui remontait tout à coup aux narines... Ses huit ans avaient ce parfum fugace mais fort.

Bien sûr, Paul savait que toutes les enfances ne se ressemblaient pas, mais la magie de ces temps bénis de l'innocence faisait que le bonheur pouvait se trouver partout... Dans le luxe d'une naissance avec cuillère en argent en bouche ou dans les recoins d'un appartement modeste comme il avait connu lui-même. Il songea à une réflexion que lui ferait, bien des années plus tard, sœur Emmanuelle, la petite sœur des pauvres, constatant l'espérance et la lumière dans les yeux des enfants déshérités du Caire, qui trouvaient de la joie en jouant sur des tas d'immondices ! Des enfants qui n'avaient rien, mais qui en faisaient quelque chose.

Mais dans les insouciances de l'enfance, il y avait aussi les jalousies, parfois les cruautés. Paul était sans doute, parmi ses camarades, le plus démuni et son désir d'appartenir à la communauté était presque épidermique. Il se souvenait qu'il n'osait pas dire qu'il n'avait plus de grands-parents, qu'il ne connaissait pas le plaisir des grandes réunions de famille, que ses parents n'avaient pas de maison à la campagne... Ces petites choses qui vous font autre, qui vous donnent l'impression de ne pas appartenir au groupe. Par exemple, chez les Clermont (Paul n'était pas encore Saran), vieille famille de libres penseurs, on n'allait pas à la messe le dimanche et pour certaines familles cela pouvait paraître suspect. En ce début d'années soixante, même si le concile de Vatican II prépare la voie du progrès dans l'Église, certains comportements restent figés.

Sourire.

L'histoire du père Gaillard revint à la mémoire de Paul. Ce prêtre rubicond, rond comme un pain chaud, qui dirigeait la paroisse de Bagneux, permettait, grâce à l'argent récolté dans les kermesses, aux parents peu fortunés d'offrir des vacances à leurs enfants. Paul avait pu ainsi, l'espace d'une semaine, connaître les félicités de la classe de neige. Il en était revenu émerveillé et propriétaire d'un missel qui sentait le vieux cuir et le papier usé.

Pour les enfants doués d'un peu d'imagination, afin d'éviter le mensonge, quel meilleur moyen que de se raconter des histoires ?

Alors, dissimulé dans la resserre de fruits et légumes de son père, il s'inventait des dimanches liturgiques. Éclairé d'une bougie en guise de cierge, il faisait la messe et s'inventait une nouvelle réalité.

Mais derrière ce besoin d'appartenance à une communauté, Paul avait une envie farouche de se démarquer, de faire autre chose, d'être ailleurs. Tempête sous un crâne. C'était un paradoxe qu'il vivrait toute sa vie. Enfant, il voulait s'attribuer les rituels des copains, s'intégrer dans le groupe tout en voulant s'en extirper. Adulte et célèbre, il vivra en sauvage dans un monde d'exubérance et de paraître, d'abord en fermant à clef la porte de sa vie privée, ensuite en ne jouant que très rarement la carte des dîners mondains et autres plaisirs de cour.

Sa famille, son éducation, son milieu feraient toujours plus de lui un homme de la rue qu'un homme d'appareil.

Il chassa sa réflexion et revint sur la photo, cherchant à titiller sa mémoire, la mettant sur le gril pour la faire parler… Puis, en regardant Vincent Bonneterre plus attentivement, l'image de sa sœur Agnès lui apparut soudain. Agnès, la belle Agnès, cette brune pulpeuse aux yeux en amande, qui avait deux ans de plus qu'eux et qui appelait déjà toutes les convoitises. Cette image en convoqua une autre, celle de François Contini, un peu floue. Quelle année ? Paul ne savait plus. Un tête-à-tête entre « hommes », peut-être au fond du fameux café de la place de la Mairie, une conversation où la pudeur des sentiments était absente… Des mots lui revinrent, des mots crus, adolescents, machos, des mots qui rappelèrent à Saran cette phrase merveilleuse du dialoguiste Michel Audiard : « Un gentleman est quelqu'un qui peut décrire Sophia Loren sans faire un geste. » Les deux copains n'étaient guère gentlemen, ils n'avaient pas encore l'âge de l'être. Oui, c'était une conversation entre deux jeunes coqs avec des prétentions, des envies bien naturelles à leur âge. Mais cette fois, à ce petit jeu, le séducteur Contini s'était fait damer le pion. Paul était sorti vainqueur. Cependant, à bien y réfléchir, à ce moment-là de l'histoire, la 3e B n'était déjà plus qu'un souvenir… Agnès Bonneterre n'avait pas seize ans, mais dix-neuf ; Paul n'en avait plus quatorze, mais dix-sept et les bancs de l'école allaient très vite devenir ceux de la Sorbonne.

## Chronique 32 - janvier 1985
## « Droit dans les yeux » - Michel Sardou

Je sais que Paul l'admire beaucoup, mais Michel Sardou n'est pas un chanteur que j'apprécie outre mesure. Sa musique me laisse de marbre. Il y a chez cet artiste un flonflon qui m'agace et qui me ramène à cette réflexion de Louis-Ferdinand Céline sur l'être humain, « extraordinaire de lourdeur » emporté par ses vices et ses ambitions terrestres. Je trouve que cette production musicale, comme celle de dizaines d'autres artistes de son genre, de Claude François à Adamo, en passant par Sylvie Vartan ou Patrick Juvet, conforte l'homme dans sa lourdeur. Je n'en suis pas client. À quand une révolte de l'esprit contre le poids ? Le poids des hommes…

Mais je dois avouer que si l'artiste Sardou ne me convainc pas, l'homme, Michel, me séduit par son franc-parler, son absence de langue de bois. Il n'essaye pas de flatter son public à tout prix. Je crois savoir que ce jour-là était celui de son anniversaire et, s'il a soufflé ses bougies, il n'a pas soufflé les questions. Bravo !

Cela m'en vient à rendre hommage à Paul Saran qui permet, émission après émission, de laisser le cœur des hommes s'ouvrir. On peut ainsi distinguer la sincérité derrière l'artifice, l'être humain derrière le saltimbanque, l'homme blessé derrière le bateleur de tréteaux au sourire conquérant !

Ce soir-là, Michel Sardou a fait preuve d'humanité, un panache qui le grandit, et Paul a permis de faire découvrir une autre facette d'un homme plus complexe qu'il n'y paraît.

# 4

# Des hommes sous les pavés

*La Sorbonne – Mai 1968.*

Mai 68 retentit comme juillet 14 ou mai 40, le siècle n'est pas utile, le chiffre seul s'impose à l'Histoire. Ce n'est pas une guerre, pas vraiment une révolution, mais c'est une révolte, un vent de révolte qui a soufflé sur toute la société française.

À cette époque, la France est au firmament de ce que les historiens appelleront plus tard les Trente Glorieuses. Depuis la Seconde Guerre mondiale, le pays a connu une vitalité économique sans précédent. La reconstruction est une période de plein-emploi, l'industrie florissante et le désir effréné de consommation sont là. Pour la première fois, les classes dites « moyennes » de la société vont pouvoir accéder à la propriété, aux sanitaires confortables, aux voyages et au consumérisme frivole… Toutefois, le pays reste la proie des inégalités. La croissance ne bénéficie pas à tout le monde et plus de cinq millions de Français restent sous le seuil de pauvreté. Peu à peu, cette croissance miraculeuse va se détériorer… Jamais la France n'avait changé aussi radicalement en aussi peu de temps. Un nouveau monde avait jailli de terre comme un geyser, celui de la culture et des loisirs, accompagné par des médias de masse. Ceux-ci allaient permettre à une jeunesse de s'affirmer, voire d'exister dans un monde où l'on passait de l'enfance à l'âge adulte sans transition. Ce fut ainsi que les colères estudiantines s'agrégèrent aux colères ouvrières pour se répandre comme un fleuve bouillonnant dans tous les secteurs de la société. Il avait fallu une certaine opulence pour que les digues du vieux monde cèdent.

Mais il y avait eu ce vent de liberté qui s'était mis à souffler dans les têtes exaltées de la jeunesse.

Tout avait commencé à Nanterre, quand un étudiant rouquin d'origine allemande, remonté comme un coucou suisse sorti de sa neutralité, avait décidé d'occuper la tour universitaire. Entre une cause internationale liée à la guerre du Vietnam et des revendications « patachonnes » comme le droit à la mixité dans les écoles, les choses avaient peu à peu dégénéré…

À l'exception de Serge Ruben qui avait filé aux États-Unis après le bac, la bande à Saran s'était vite retrouvée sur les bancs de la fac, des bancs que la houle du chaos avait rendus flottants, un radeau sur la Seine.

Saran et sa bande sont là en ce vendredi 3 mai, à la Sorbonne, au pied de la statue de Victor Hugo, le bourgeois libertaire, accessoirement génie des lettres françaises. Ils ont répondu, comme deux cents autres étudiants à l'appel de l'UNEF, le syndicat des forts en thème. Ce n'est pas la première réunion du genre. Combien de fois ont-ils débattu avec verve de la tragédie du Vietnam ? Combien de fois la fougue de certains étudiants politisés à l'extrême gauche avait-elle appelé à la contestation virulente ?

> « *Mai, mai, mai, Paris mai,*
> *mai, mai, mai, Paris...* »

C'est Nougaro qui chante. Il est à vif. Le malaise grandissant de la jeunesse l'émeut. Le poète ne politise pas, ne milite pas, mais rend compte d'une atmosphère, d'un climat. Il semble aussi amer qu'enthousiaste, aussi résigné qu'utopiste, aussi caustique qu'empathique. C'est le lyrisme sur le chaos, la poésie sur le vertige des événements.

Là-bas, dans la cour de la Sorbonne, Paul aperçoit Hervé Charolles, son éternelle besace de cuir à l'épaule et l'appareil photo au poing, qui mitraille l'effervescence. Plus loin, un petit groupe avance, armé de pioches et casqué ! Ils ne sont pas là pour donner le coup de poing, mais pour se protéger d'éventuelles attaques des fascistes d'Occident, groupuscule droitier aux actions vigoureuses qui, la veille, a fait flamber un local syndical. Derrière eux apparaissent, rigolards, Guillaume Dussalier et Renaud Dupeyron. Ce dernier s'est muni d'un marteau... C'est la seule chose qu'il ait trouvée d'un tant soit peu menaçant. Parmi les étudiants, la rumeur gronde, l'exaltation enfle et la perspective enjouée d'en découdre semble prendre l'ascendant sur la peur... Oui, Occident est sur le point de faire une descente musclée pour casser du gauchiste sorbonnard !

« Qu'ils viennent, on saura les recevoir ! » crie une voix.

« Les fachos au frigo ! »

Paul observe la petite foule. Il cherche quelqu'un du regard... Vincent Bonneterre. Il avait dit qu'il viendrait. En fait, Paul se fiche un peu de Vincent, car ce qu'il préfère chez lui, c'est sa sœur Agnès. Elle devait l'accompagner. Et Paul ne se fiche pas d'Agnès qui, du haut de ses dix-neuf ans, est le symbole de l'expérience. Elle est une porte ouverte sur les perspectives les plus débridées. À dix-sept ans, l'imagination s'enflamme vite. Comme certains bourgeois qui ont seulement retenu de Karl Max la notion de capital, Paul voit, dans les contestations sociales de la jeunesse, surtout l'idée de pouvoir fréquenter la chambre des filles, de faire de la mixité une ode à la liberté. Chacun son combat. Le *Power flower* ne doit pas être réservé aux seuls États-Unis.

Mais à ce petit jeu des amours clandestines, il y a un rude adversaire qu'il ne faut pas négliger, c'est François Contini, François le tombeur de ces dames, il les lui faut toutes ! Peut-être a-t-il déjà œuvré en douce. Non... Ouf ! Il est là-bas, dans le groupe des activistes virulents, la bande à Dany ! Là, c'est une autre paire de manches ! Les gars sont investis d'une mission. Ils ont le sacerdoce en bandoulière, et l'envie d'en découdre et de découdre les institutions liberticides ! François aussi a le sens de l'action. Il n'est pas sorbonnard puisqu'il est en première année de médecine, mais il a rejoint les rebelles de bon cœur. Un cœur, heureusement, qu'il ne semble pas vouloir mettre au service d'une passion amoureuse... La route est libre !

— Qu'ils viennent ces ordures !

— Ouaip ! On va désorienter l'Occident !

Dany le rouge intervient.

— Pas de violence, les gars ! Les Américains ont un mouvement qui milite pacifiquement contre la guerre du Vietnam.

— Et alors ? La guerre s'arrête pour autant ? lance un autre, remonté jusqu'à son col Mao. La non-violence, c'est accepter le système ! Le capitalisme, lui, n'hésite jamais à prendre les armes pour se défendre !

Paul ne cherche pas à se mêler de la conversation. Les discours marxistes-léninistes qui traversent de plus en plus la jeunesse estudiantine ne l'intéressent pas. Il se méfie de l'idéologue bon teint qui sort des beaux quartiers, qui fait sienne l'idée de Saint-Just : « Pas de liberté pour les ennemis de la liberté ! » Paul s'éloigne du groupe d'anarchistes en entraînant Dussalier qui, en bon premier de la classe, est déjà venu à reculons ; Dupeyron est plus rétif, lui qui prend activement des notes.

— Mais les gars, c'est important !

— Tu ne peux pas lâcher ton crayon une minute ? aboie Paul.

— Un bon chroniqueur se doit de tout noter !

Guillaume Dussalier haussa les épaules.

— Voilà que monsieur Dupeyron se prend pour le Jean Froissard de la révolte estudiantine, maintenant !

— Magnez-vous, les mecs, ça commence à chauffer au boul'Mich ! prévient Paul.

Le futur animateur, l'oreille collée à son transistor de poche, écoute les infos en temps réel pour connaître l'avancée des événements.

— Les CRS remontent le boulevard ! Plusieurs camions ! On devrait se replier vers l'amphi, non ?

Les trois copains s'apprêtent à le faire quand Paul aperçoit enfin Vincent Bonneterre et sa silhouette effilée… Sourire. Derrière lui, la grâce enjouée d'Agnès se détache. Son sourire est magnétique. Elle est là pour lui, Paul en est sûr. Nœud dans l'estomac. Conquérir une fille de deux ans plus âgée est une mission périlleuse, mais la perspective d'un trésor de guerre vaut tous les efforts. Il sait par Vincent qu'Agnès aime la politique et qu'elle ambitionne même de faire l'ENA.

Son bord ? Elle ne le sait pas vraiment… bien qu'elle affiche une certaine admiration pour la belle gueule du Che. Cela en fait-elle une castriste pur sucre ? Rien n'est moins sûr, mais son cœur, comme celui d'une grande partie de la jeunesse, penche à gauche. Comme disait George Bernard Shaw, « ne pas être de gauche à vingt ans, c'est ne pas avoir de cœur, l'être à quarante, c'est ne pas avoir de tête ».

Mais la réflexion était prématurée…

La radio crépite. Le journaliste à l'antenne s'excite.

Paul s'avance, le regard brûlant, mais Hervé Charolles s'interpose, l'appareil photo à l'œil, et immortalise le frère et la sœur sur fond d'agitation. Le photographe en herbe ne le constatera que plus tard, mais sur son cliché, en arrière-plan, se dévoile l'arrivée d'une escouade de CRS, la matraque au poing. Peut-être Charolles aura-t-il été le premier, sans le savoir, à figer ce bout d'histoire qui va mettre le feu aux poudres de Mai 1968.

On saura plus tard que le recteur de l'Académie avait paniqué.

Les policiers pénètrent dans la cour de la Sorbonne. Un homme gris, en gabardine, tente de parlementer avec quelques leaders étudiants et décide de le faire embarquer au poste pour des contrôles d'identité. L'ambiance se constitue de silences lourds, ponctués de rugissements qui enflent de plus en plus. Les paniers à salades sont commandés pour emporter les faiseurs de chienlit ! Les réactions s'intensifient, d'autres étudiants viennent grossir les rangs et les agacements laissent place à la colère ; les cris se font plus vifs, plus aigus, plus sauvages, les insultes pleuvent, mais seuls les slogans répondent d'abord aux matraques tendues… « On ne veut pas perdre notre vie à la gagner ! », « Soyons réalistes, demandons l'impossible! », « Ne prenez plus l'ascenseur, prenez le pouvoir! » Autant de galéjades potaches qui feraient dans l'avenir des sujets de thèses. Puis les bousculades commencent, les mots deviennent des gestes. Des bras se lèvent, les menaces fusent et certaines sont mises à exécution... À quelques mètres, le boulevard Saint-Michel s'embrase, la police panique, lance des bombes lacrymogènes. Les premiers pavés jaillissent. C'est la guerre! Les grappes d'étudiants éclatent comme des fruits mûrs, s'éparpillent, se dispersent. Paul, dans un réflexe, se précipite vers Agnès, que l'hébétude a figée, il la saisit par la main et l'entraîne vers l'intérieur des locaux...

Dussalier trébuche dans sa course, s'étale de tout son long. Paul et Agnès s'arrêtent pour l'aider à se relever; Dupeyron, lui, se tente menaçant en brandissant son marteau... Contre qui? Il ne le sait pas lui-même. Derrière des étudiants en panique qui se déploient comme une vague folle, une masse noire et casquée se profile. La flicaille est là! Guillaume se relève pour reprendre sa course, mais c'est au tour de Renaud d'être à terre... Un boulon vient de le heurter sous l'occiput. Il s'écroule dans un cri de douleur, lâchant cahier, crayon et stylo. Il saigne. Les copains le remettent sur pied et s'engouffrent à l'intérieur. Ils sont suivis par Charolles et Vincent Bonneterre qui n'abandonne pas sa sœur. Déjà dehors, c'est une brume lacrymogène qui masque une fièvre bientôt au paroxysme. En quelques heures, le quartier est en état de siège. Plusieurs dizaines d'étudiants sont retranchés dans les couloirs et les classes de la Sorbonne, tandis que, dehors, les paniers à salade se remplissent... Étudiants furieux que l'on ramasse à la pelle et que l'on entasse dans les fourgons. C'est près de six cents universitaires qui seront arrêtés. Cohn-Bendit, Brice Lalonde, Alain Krivine, à la tête des contestataires, sont parmi eux.

Paul tient toujours la main d'Agnès quand il pénètre dans la grande salle de l'amphithéâtre qui se remplit peu à peu d'étudiants. Les statues de Descartes, Sorbon, Lavoisier, Rollin, Pascal et Richelieu sont là, hiératiques, symboles d'une longue histoire culturelle et scientifique ; elles donnent l'impression de ricaner de ces soubresauts microscopiques de l'Histoire. Au fond, dominant l'estrade en chêne brut, s'étale *Le Bois sacré* du peintre Puvis de Chavannes, fresque monumentale de 25 mètres, évocatrices des Lettres, des Sciences et des Arts.

Le rire puissant d'Hervé Charolles retentit dans la salle mythique en même temps que son appareil photo mitraille l'événement. Il semble aux anges, véritable poisson dans une eau trouble… Il rejoint la petite bande qui s'est retranchée dans les hauteurs. Ici, le temps n'est pas perdu pour tout le monde car Paul et Agnès s'adonnent déjà à une conversation des plus intimes où les langues sont bien déliées. À l'évidence, le chaos extérieur n'est pas leur priorité…

— Dites les amoureux ! Vous avez conscience qu'une révolution est en train de se jouer ? Vous croyez vraiment que c'est le moment de se répandre dans des plaisirs bourgeois ? !

Charolles toise le couple qu'il immortalise d'un cliché.

— Ça ne t'intéresse pas, Paul, les fluctuations de l'histoire ?

— Tout dépend de l'histoire qu'on veut écrire.

— L'histoire sociale d'un peuple qui va peut-être enfin prendre le pouvoir ! Ce que Mao a fait en Chine, pourquoi ne le réaliserions-nous pas en France ?

— Peut-être parce qu'on est français !

— Foutaises ! Aujourd'hui, on est des citoyens du monde ! On doit faire chuter toute idée d'impérialisme et faire comprendre à de Gaulle que les fascistes n'ont plus voix au chapitre dans le pays de Sartre !

— C'est aussi le pays de Villon et de Céline, intervint Guillaume Dussalier, qui aimait rappeler qu'il avait longtemps été le premier de la classe.

— Et alors ? C'est ça, tes références ? Un hors-la-loi et un antisémite ! Les salauds au pouvoir ! Lis Althusser, mon vieux, et structure un peu mieux ta pensée !

— *Les cocos à Moscou !*

François Contini vient d'arriver, l'œil rieur et le bon mot toujours aux lèvres.

— Quoi, les cocos à Moscou ! Ça te dérange, toi, le fils de médecin, que le peuple se réveille ?

— Nous, ce qu'on veut, c'est que les lycées soient mixtes ! Pas vrai, Paul ?

Ce dernier lève un pouce.

Charolles haussa les épaules, dépité.

— Évidemment, si la banlieue de Bagneux s'embourgeoise…

Paul se retourna, le sourcil plissé.

— C'est quoi ce mauvais procès stalinien, Hervé ? Mon père a traîné un chariot de fruits et légumes toute sa vie, tu le sais bien ! Alors tes leçons apprises dans le Petit livre rouge, tu sais ce que tu peux en faire ?

— Ben voyons !

François Contini leva une main et singea un professeur de chaire.

— Attention, madame, messieurs, n'oublions pas que monsieur Charolles père, cheville ouvrière des usines Renault de L'Isle-Seguin, est un militant syndicaliste des plus actifs et que, par la loi de primogéniture, c'est son fils Hervé qui héritera de sa fougue combattante!

— Très amusant! rebondit le photographe en herbe. Voilà le fils de médecin, futur médecin lui-même, qui vient donner des leçons de peuple à la plèbe! Certainement pas toi qui peux comprendre les aspirations des ouvriers...

— Il faut bien des gens comme moi pour soigner leur mal de tête après une réunion syndicale! se défend ironiquement Contini.

François a cette faculté de ne jamais s'énerver et de garder le sourire en toutes circonstances. Il a cette séduction particulière des hommes qui ne se regardent jamais dans une glace. Ce petit côté décontracté qui fait le charme d'un Jean-Paul Belmondo par exemple... Son origine italienne sans doute. Mais son sourire à désarmer les belligérants les mieux armés n'agit pas sur Hervé qui se sent investi d'une mission de haute lutte. Le premier degré reste pour lui la meilleure stratégie du combattant politique.

— Tu es d'accord, toi, pour laisser les vieux barbons garder le contrôle? Ces mandarins déconnectés des nouvelles réalités, des nouvelles aspirations? Il faut sortir de vos apathies, les gars! Le « grand soir », cher aux anarchistes du XIXe siècle, si vous voulez mon avis, c'est pour aujourd'hui!

— Moi, je suis plutôt du matin, continue François, déjà carabin en diable.

— Libre à toi de prendre tout à la légère, mon vieux! Mais il faudra bien que tu admettes que les temps changent et que les artisans du monde de demain, c'est nous! Le conformisme doit mourir et, avec lui, le fascisme éternel!

— Le conformisme n'a pas que des inconvénients, soulève Renaud Dupeyron, toujours un peu vaseux après son coup sur la tête.

La plaie ne saigne plus.

— Ah oui ? Reproduire les discours lénifiants des parents, des profs, des flics, de génération en génération, tu trouves que c'est épanouissant pour une société moderne ?

— « On emprunte aussi sur l'avenir de nos enfants ! » pour citer Saint-Exupéry ; on sait ce qu'on nous laisse, on ne sait pas ce qu'on leur laissera...

— C'est juste, renchérit Agnès, c'est très joli de tout vouloir casser, mais pour construire quoi ? C'est grâce à nos parents que nous faisons des études, non ?

— C'est aussi grâce à eux qu'on a essuyé deux guerres mondiales !

— Tu es injuste... Ils en ont surtout été les victimes ! s'agace la jeune femme.

— Justement, nous ne parlons pas d'abattre les gens, mais le système corrompu qui a permis ça !

— Je suis assez d'accord avec Hervé, s'immisce Guillaume Dussalier, le ton un peu timide.

— Toi ? sursaute Paul. C'est le prix d'excellence en mathématiques qui dit ça ? Rappelle-moi ta note en philo ?

— Je ne vois pas le rapport, bougonne Dussalier, on a le droit d'être bon élève et critique avec la société, non ?

— Mais qu'est-ce que tu lui reproches à la société au juste ? Hervé, je peux comprendre, c'est un éternel insatisfait, rien ne trouve grâce à ses yeux et il rêve de vivre à la chinoise...

— Va bosser à la chaîne chez Renault pendant deux mois et reviens me voir ! s'énerve Charolles.

— C'est vrai, s'accroche Guillaume, c'est une folie cette société de consommation... Elle est sur-répressive ! Elle contraint l'individu à travailler au-delà de ses besoins propres en créant des besoins superficiels, idiots, même ! Les deux tiers de la vie d'un homme passent dans la production de choses inutiles... C'est un fait !

Paul applaudit en souriant.

— Bravo, m'sieur Marcuse ! Demande à ta mère si elle est prête à jeter sa machine à laver pour retourner battre le linge au lavoir !

Dussalier hausse les épaules.

— Tu as lu *La Société du spectacle* de Debord ?

— Oui, dit Paul, mais j'ai pas tout compris, pour être honnête.

— La théorie de l'aliénation chère à Marx développée par Debord avec le fétichisme contemporain pour la marchandise ! C'est lumineux !

— Sans doute... Je ne devais pas être assez éclairé.

Charolles reprend le flambeau.

— Enfin, tu es tout de même d'accord avec le fait que, depuis l'invention des chaînes de montage, le travailleur est séparé de ce qu'il produit ! Il ne devient qu'un maillon d'une chaîne capitaliste !

— Oui... bien sûr, admet Paul, qui se sent moins impliqué par la situation politique qu'il ne le devrait sans doute.

Pour l'heure, il est tout à sa fierté d'avoir été choisi par Agnès de deux ans son aîné. De toute la bande, c'est sur lui qu'elle a jeté son dévolu, ce n'est pas rien. Le chamboulement, les barricades, la révolution sont plus dans son cœur que sous les pavés.

— Eh bien, c'est pareil depuis quinze ans avec le consommateur, continue Hervé, qui est séparé de ses véritables aspirations. La société du spectacle lui vend un rêve dont il n'a pas besoin pour être heureux ! Le capitalisme nous impose une vision du monde et une manière de se comporter, de s'habiller, de penser… Ce sont ces carcans qu'il faut briser avant qu'on ne se rende plus compte que nous en sommes prisonniers !

Une grenade lacrymogène explose dehors.

L'agitation extérieure est aussi fébrile que celle des cerveaux militants.

— En tout cas, reprit François Contini, goguenard, à l'adresse d'Hervé Charolles, pour ma part, je ne préfère pas dire du mal de ceux qui ont de l'argent, on ne sait pas ce qu'on peut devenir !

Son bon mot n'a pas le temps d'être apprécié car les portes s'ouvrent avec fracas et une horde d'étudiants vociférants pénètrent dans la grande salle. Des pleines brassées qui cherchent à échapper aux rétorsions policières nourries par la colère et les provocations.

Ce sanctuaire de la culture, nouvelle Notre-Dame laïque, qui protège ses enfants…

Paul et Agnès profitent de la confusion générale pour s'enfuir vers des hauteurs moins politiques et plus amoureuses.

Dupeyron avait raison : le conformisme n'est pas toujours une mauvaise chose.

# 5

# « Le poète est le fou le plus proche de la réalité »

*Je me souviens de Claude avec une tendresse infinie. C'était un homme délicat qui donnait l'impression de vivre au rythme des mots, des vers et des métaphores. Il faisait swinguer la langue comme personne avec « ce torrent de cailloux qui roulait dans son accent ». Combien de fois l'ai-je invité dans mes émissions... Petite souris que j'étais à regarder avec admiration cet artiste formidable, ce poète fou et sincère, vibrant de vie et de passion. Lui qui criait, qui chantait, qui swinguait, que la poésie reprendrait ses droits à travers le rythme et la musique, lui qui fit d'Armstrong ou de Dave Brubeck des ambassadeurs de ses mots, lui qui considérait que le poète n'était pas un « déclameur » à la prosodie archaïque, mais un acteur total qui usait de son corps comme un danseur... Chorégraphe de la langue qui trouvait dans le jazz une nouvelle osmose avec le vers français.*

*Claude Nougaro n'était pas un politique, mais un farouche indépendant, un être libre, sans étiquette, un artiste, un artisan des mots. Même lorsqu'il s'intéresse aux événements de 68 dans sa chanson* Paris Mai, *ce n'est pas pour prendre parti, mais pour réfléchir sur l'angoisse existentielle de l'homme contemporain. L'homme avant tout, l'homme dans sa complexité, ses fêlures, ses doutes, l'homme dans sa petitesse et sa grandeur.*

*Je revois Agnès, assise sur le haut des marches de l'amphi, mon transistor posé à ses pieds qui égrenait les paroles de Claude… « Je dépose l'aurore des Tuileries, comme rose sur le lit d'une demoiselle… » Aurais-je pu imaginer à cet instant, en roucoulant sur les bancs de la Sorbonne, que je serais un jour confident de l'homme de Saint-Sernin, du Toulousain magnifique ?*

*Mais toute cette dynamite de talent qui avait explosé pendant trente ans de carrière ne m'avait jamais autant ému, impressionné, qu'en cette soirée de 1998 où, hors antenne, alors que nous discutions à bâtons rompus dans sa loge, il m'avait parlé de sa dernière femme, Hélène, cette femme de trente ans sa cadette qu'il ne considérait pas comme la femme de sa vie, mais comme la femme de sa mort… Voilà comment le poète visionnaire redonnait aux mots affaiblis tout leur éclat.*

*« Elle est la femme de ma mort ! »*

*Phrase forte, belle et tragique, qui emprisonnait Hélène dans la poésie immortelle d'un Nougaro visionnaire.*

# 6

# « Ne le dis surtout pas à Paul »

*Fuveau – Aujourd'hui.*

Cinquante-cinq ans déjà ! Qui pourrait le croire ? ! Une vie, un monde ! Des vies, des mondes ! Quel voyage ! Machinalement, Paul s'était laissé tomber dans son fauteuil, l'œil rivé sur la photo, et il avait laissé vagabonder son esprit sur ces terres mystérieuses qu'étaient les souvenirs. Morceaux épars, bribes désordonnées, images floues puis nettes qui revenaient parfois sans logique… C'était comme un puzzle retrouvé dont chaque pièce se remettait peu à peu en place jusqu'à reformer une image cohérente. De cette photo en noir et blanc, cinq silhouettes s'étaient envolées pour reprendre de la couleur et de la vie. Ces têtes d'enfants métamorphosés en jeunes adultes trois ans plus tard, en mai 1968, à quoi ressemblaient-elles aujourd'hui ? D'un caractère passionné, voire bouillonnant, Saran s'était soudain exalté et une furieuse envie de les voir l'avait submergé. Oui, les chercher, les retrouver, sonner à leur porte pour savoir comment s'était passée la vie ! Les « réapprendre » et les aimer à nouveau ! Voilà un programme qui tout d'un coup lui donnait de l'âme au cœur. Une telle quête correspondrait tout à fait à son envie d'élargir le temps qui restait, de l'apprivoiser, de le déguster. D'autres images surgirent, celles de son émission phare, *Comme on se retrouve,* lorsqu'il invitait des artistes à retrouver leurs camarades de classe… Que de souvenirs poignants où, chaque fois, le spectacle était gagné par l'émotion, où le rire et les larmes se côtoyaient pour le bonheur de tous.

Saran attrapa son téléphone, ouvrit le moteur de recherche et tapota : « Serge Ruben, chausseur ». Serge était le premier qui lui venait en tête, le seul de la liste qui, d'une certaine façon, comme Paul, s'était exposé à une forme de notoriété. L'un par la tête, l'autre par les pieds, il y avait là une sorte de cohérence. L'animateur avait failli le revoir en présentant une émission consacrée aux grandes réussites d'entrepreneurs, mais le secrétariat de la maison Ruben avait répondu par la négative… Le patron était aux États-Unis à cette période. Et depuis, ni Serge ni Paul n'avaient créé l'occasion de se revoir.

Le siège social du chausseur se trouvait toujours à Nice. Sacré Serge qui avait mis ses pieds au soleil ! Saran s'apprêtait à cliquer sur le numéro, mais il retint son geste. Que disait-on à un vieux camarade d'école qu'on n'a pas vu depuis cinquante-cinq ans ? Quels étaient les mots justes ? Y avait-il des mots justes ? L'appellerait-il Serge ? Monsieur Ruben ? Userait-il du tutoiement ? Pas simple. Mais vouvoyer un vieux copain ne serait-il pas ridicule ? « Bonjour, c'est Paul Saran, tu te souviens de moi ? » Absurde ! Bien sûr qu'il se souviendrait… à moins d'avoir vécu quarante ans dans une caverne hermétique sans journaux ni télévision. « Que deviens-tu ? » Idiot ! Il était devenu un des chausseurs les plus en vue du territoire. Zut ! Était-il donc si difficile de reprendre contact avec un ami d'enfance ?

Finalement, entre la pudeur et la fierté, quel était le sentiment qui faisait barrage ? Il n'eut pas le temps d'aller plus avant dans sa réflexion que son téléphone sonnait… Suzanne. Elle venait aux nouvelles.

Comment se passait le rangement ? Pas trop de poussière sur les vieux souvenirs ? Pas trop difficile de ranger tout un pan de sa vie ? Elle savait, elle qui avait des émotions communes avec Paul, qu'il n'était pas simple de faire table rase des « vieilles » choses, de mettre un grand coup de balai dans des souvenirs pour ne pas les statufier. Elle avait éclaté de rire quand il lui avait parlé de son envie de les rafraîchir.

— *Les rafraîchir ? Tu veux te rafraîchir la mémoire ?*

— Oui, nettoyer, redorer, faire briller…

Donc, tout allait bien.

— Oui… mais… j'ai retrouvé une photo.

Il en raconta les circonstances et l'émotion qu'il avait ressentie en revoyant ses vieux copains et cette idée folle qui lui avait traversé l'esprit de les retrouver.

Un léger silence lui répondit, comme un flottement. Après toutes ces années, il connaissait sa femme par cœur et il imaginait très nettement le petit rictus qu'elle faisait avec ses lèvres…

— *Et c'est de cette façon que tu comptes aller de l'avant ?* ironisa-t-elle.

— Oui, en faisant un voyage dans le passé !

— *Original… mais je ne comprends pas bien.*

Non, Suzanne ne comprenait pas. Il expliqua son ambition nouvelle de retrouver ses meilleurs amis de la troisième B, cette petite bande de copains « inséparables » que la vie avait néanmoins séparés.

Paul allait les réunir.

— Qu'en penses-tu ?

Que Suzanne soit à ses côtés ou pas, Paul avait toujours besoin de son avis, toujours besoin de savoir ce qu'elle en pensait. Alter ego indispensable.

— *Je ne suis pas sûre que cela soit une très bonne idée.*

— Pourquoi ? C'est quelque chose qu'on a fait pendant des années avec *Comme on se retrouve…*

— *La réponse est dans la question, Paul… « Pendant des années ! » Oui, on a fait ça pas mal de temps et c'est du passé. On avait dit qu'on prendrait du temps pour nous, pour les enfants, les petits-enfants. Qu'espères-tu trouver au juste ? Nos invités, nos stars, étaient dans la force de l'âge, pas si loin de leur enfance… Mais là, tu parles d'un voyage dans le temps de presque soixante ans ! Quelle question poses-tu vraiment ? Et quelle réponse attends-tu ? Je ne te cache pas que malgré les formidables souvenirs que j'ai de tout ça, je préférerais laisser le passé à sa place…*

Saran ne répliqua pas tout de suite. Il était un peu surpris par une telle réaction, mais Suzanne savait toujours taper là où ça coinçait. C'étaient là les vraies questions… Que cherchait-il ? Qu'attendait-il ?

— J'ai très envie de les retrouver… Tu es contre ?

— *Non, pas du tout… Mais ce ne sont pas de vieux amis. Ce sont d'anciens amis qui sont devenus vieux, ce n'est pas la même chose.*

Suzanne, depuis toutes ces années de vie commune avec Paul, avait toujours essayé de le protéger, lui qui avait choisi de s'exposer au public avec tous les écueils inhérents à la notoriété. Elle le savait sensible et ne voulait pas le voir nourrir des idées sombres après d'éventuelles désillusions.

— *Je pense que les souvenirs magnifiés sont parfois plus beaux que la réalité…*

— J'ai juste besoin de savoir… le besoin de savoir ce qu'ils sont devenus, quel genre de vie ils ont eu, ont-ils réussi, échoué ? Sont-ils heureux, malheureux ?

— *Et toi, ça te rendrait plus heureux de le savoir ?*

— Il ne s'agit pas de…

Zut ! Saran baissa les bras, las. Il n'avait plus envie de justifier cette soudaine envie qui l'avait taraudé le temps d'une photo retrouvée.

Après tout, Suzanne avait sûrement raison. Il devait penser à l'avenir et surtout au présent. Il fit basculer la conversation…

— Quand rentres-tu ?

Encore deux jours. C'était parfait, ses archives seraient classées. Paul aimait la solitude, mais jamais très longtemps. Quand Suzanne rentrerait, peut-être remettrait-il la question sur le tapis. Il aimait ces petites joutes avec son épouse. Et le plaisir que Paul avait à essayer de la convaincre n'y était pas étranger.

Après avoir raccroché, il regarda une dernière fois la photo avec une petite pointe de nostalgie… Les copains resteraient-ils à l'état de souvenirs ? Bah, après tout, c'était peut-être mieux ainsi. Inutile de faire du passé un avenir. Il reposa la photo à l'envers comme pour marquer la fin de cette illusion passagère. Mais au moment de refermer le coffret, il aperçut quelques mots griffonnés au verso, une écriture malhabile, bancale, comme écrite à la va-vite sur un coin de table. C'était, à n'en pas douter, l'écriture de sa mère, mais peu appliquée, ce qui n'était pas le genre d'Emma : elle avait gardé de ses maigres années d'apprentissage scolaire, le goût de bien faire, de s'appliquer. Son tracé rond, presque enfantin, était là, tremblotant. Saran s'approcha de la lumière pour essayer de déchiffrer ces quelques mots soudainement venus d'un autre âge. Il s'y reprit à plusieurs fois. En plus de l'écriture chaotique, la patine du temps avait fait son office et certaines lettres s'effaçaient.

« Ne… le dis… surtout pas… à Paul. »

Saran sentit comme un frisson lui remonter l'échine. Pas d'erreur possible… C'était bien ça… *Ne le dis surtout pas à Paul.* Qu'est-ce que cela pouvait bien vouloir dire ? *Qui* ne devait rien lui dire ? Et de quoi ne fallait-il pas parler à Paul à l'été 1965 ? Était-ce en rapport avec le secret d'Emma ? Bien sûr, cela ne pouvait pas être autre chose… Mais quoi au juste ? Et surtout, à qui sa mère s'adressait-elle ?

Saran retourna à nouveau la photo.

C'était obligatoirement un des gars de la bande, un de ses copains qu'elle connaissait, qu'elle recevait à la maison, qu'elle tutoyait, et surtout avec qui elle avait entretenu ce degré d'intimité que nécessitait le partage d'un secret !

Paul tombait des nues.

Qui, dans ce groupe, avait pu être le confident de sa mère ?

Saran essaya de ne pas s'emballer, de réfléchir calmement. Peut-être se faisait-il une montagne d'un monticule… Emma avait-elle simplement voulu organiser un anniversaire surprise ? Non, ce n'était pas du tout son genre et, de toute façon, Paul n'avait aucun souvenir qu'un tel événement ait existé. Et puis, il y avait ce secret de famille… Le lien était évident. Sa mère avait sollicité quelque chose de la part d'un de ses amis et lui avait, de la plus mystérieuse des façons, demandé de se taire.

C'était quoi ?

C'était qui ?

Paul observa à nouveau attentivement ses cinq potes, comme si leurs bouilles en noir et blanc pouvaient lui révéler quelque chose ! Quel était le sourire qui cachait un secret ? Serge Ruben ? Renaud Dupeyron ? Guillaume Dussalier ? François Contini ? Ou Vincent Bonneterre ?

Sara leva les yeux sur une autre photo posée dans la bibliothèque, une photo d'Emma qui le regardait avec son sourire toujours attentionné.

Cette photo le troublait plus que de raison. Il n'était pas le genre à voir des signes partout, mais il sentait comme une présence et une sensation d'inachevé... Voulait-elle lui dire quelque chose, lui faire *comprendre* quelque chose ? Devait-il découvrir un nouveau secret ? Que ne lui avait-elle pas dit ? À qui s'adressait-elle ?

Cette fois, Paul était agacé ; il se mit à faire les cent pas dans le bureau, la photo dans la main... Impulsif, il prit son smartphone, ouvrit Internet et repianota « Serge Ruben, chausseur, siège social ». Adresse : 26 bis avenue Jean-Médecin à Nice. Téléphone : 04 08 17... *Appelez ce numéro.* Ce que fit Saran. Il tomba aussitôt sur une voix d'hôtesse au timbre de velours. Il se présenta... et le petit silence qui suivit lui fit savoir que son interlocutrice le connaissait.

— Enchantée, monsieur Saran, que puis-je faire pour vous ?

— Je souhaiterais parler à Serge Ruben, s'il vous plaît, mademoiselle.

— Ah, je suis désolé, mais monsieur Ruben est en voyage d'affaires et il ne rentrera que dans une dizaine de jours. Voulez-vous que je lui transmette un message ?

Paul hésita un instant avant de répondre.

— J'aimerais le rencontrer dès que possible… Pouvez-vous m'obtenir un rendez-vous à son retour ?

— Sur Nice ?

— Éventuellement.

— Très bien, monsieur Saran, je transmets à monsieur Ruben et je vous rappelle pour vous communiquer la date. Je peux vous rappeler à ce numéro ?

— Bien sûr.

Il remercia, raccrocha et songea aux bénéfices de la notoriété qui avait souvent la vertu de simplifier les choses.

Il regarda l'ordinateur, les yeux dans le vague. Lequel de ses copains avait-il envie de revoir en premier ? Question difficile. Il avait d'eux tant de souvenirs épars et agréables. Charolles peut-être ? Oui, Hervé Charolles, le casse-cou, le frondeur, toujours prompt à entraîner les autres dans des manèges qui pouvaient mal tourner… Paul ne put s'empêcher un sourire. L'image de la mer de Normandie et les plages du débarquement lui revinrent à l'esprit comme une bouffée d'iode.

Nouveau souvenir picoré au gré de la mémoire…

*

*Saint-Pierre-du-Mont – 1965.*

La voiture est pleine de rires et d'adolescents. Depuis trois heures, Jean Charolles, le conducteur appliqué, subit les assauts répétés de quatre ados survoltés, Hervé, Paul, Serge et Guillaume. Depuis son divorce, le père Charolles a la garde de son fils tous les quinze jours ; alors ce week-end d'avril où le soleil se fait ambassadeur d'un printemps estival, il a décidé d'une petite retraite à la mer. Ses parents ont une bicoque au bord de la Manche, en Normandie, et le grand air fera le plus grand bien aux enfants. Son fils Hervé a pu choisir trois copains. Quatre passagers et un conducteur, c'est le maximum que peut contenir la 4L.

Elle file droit sur la route. Elle a passé Caen, Bayeux et caracole vers Port-en-Bessin. Dans l'habitacle, l'effervescence la plus totale. C'est au premier des quatre garçons qui apercevra la mer. Toutes les vitres sont ouvertes, l'air tiède rentre à flots, ébouriffe les coiffures, enivre les esprits.

Jean Charolles a beau essayer de faire régner l'ordre dans son petit royaume Renault, rien n'y fait. C'est Paul qui obtient la palme ! Ça tombe bien pour une virée à la mer. Son cri a percé tous les tympans. Au sommet d'une colline, la Manche est apparue, magnifique et sauvage. Une fois le hurlement de victoire poussé, c'est le silence qui revient, si l'on excepte la qualité sonore du moteur. L'attention est à son comble. Paul est ému. C'est la deuxième fois qu'il voit la mer. La première, c'était avec ses parents, cinq ans plus tôt, à Onival, près du Tréport. Étrangement, celle-ci lui semble plus grande, plus libre. Elle embrasse tout l'horizon. Paul n'a jamais eu un plus grand sentiment de liberté. Il est là, sans ses parents, entouré de ses meilleurs copains avec qui il va vivre une aventure inédite. C'est comme s'ils étaient partis en quête d'un trésor.

La petite route longe la mer. L'équipée sauvage traverse Aure puis Colleville, la ville qui surplombe Omaha Beach, la plus grande plage du débarquement. La visite du cimetière américain est prévue avant l'arrivée à bon port. Hervé et Paul tiquent un peu à la perspective de passer deux heures devant des tombes. Guillaume, en tant que premier de la classe, voit là un très bon sujet d'exposé pour monsieur Louvois. Quant à Ruben, le beau Serge, il exulte. Tout ce qui touche les États-Unis le fascine. Il n'hésite d'ailleurs pas à remettre une couche sur ses cousins américains et sur son ambition de gagner Hollywood dès qu'il sera en âge de le faire. Tout le monde soupire. Ils connaissent la chanson. « Oui, Serge, tu deviendras un grand acteur américain ! » La visite de cette ambassade américaine en plein cœur de la France[1] se fait au pas de charge, même si l'émotion est au rendez-vous. Le silence qui règne devant ces milliers de croix blanches alignées dans un site battu par le vent du nord est impressionnant. Ici, dans ce « Jardin des Disparus », le temps semble comme suspendu. En contrebas, la mer d'un bleu d'azur donne un sentiment d'éternité. C'est une leçon d'histoire. Une fois respecté le recueillement exigé par monsieur Charolles, la bande des quatre réintègre la 4L. Direction Vierville, puis Saint-Pierre-du-Mont où siège la maison des grands-parents. Au Ham Boissel, plus précisément. Ici, c'est la pleine campagne normande. Des champs, des bocages, des vaches, des murs vieux et brisés comme des bouts de ruines n'appartenant à rien.

La maison des Charolles ne respire pas l'opulence. Il s'agit d'une minuscule bâtisse grise, construite dans une pierre d'autrefois. Une longère qui a eu la chance d'être épargnée

---

1. Le territoire du cimetière est une concession perpétuelle faite par la France aux États-Unis. Il est géré par *l'American Battle Monuments Commission.*

par les milliers de tonnes de bombes qui ont écrasé le pays vingt ans plus tôt lors du débarquement allié. Elle est posée le long de la route, comme par inadvertance.

Sur le pas de la porte se tient un vieux couple, accueillant. Paul a l'impression qu'ils ont cent ans. Mais il se dégage d'eux un sentiment de sérénité. Hervé n'est pas très affectueux, mais se laisse aller aux baisers de sa grand-mère. Cette dernière a préparé des crêpes. C'est la fête, et les cris reprennent de plus belle.

Quand Hervé propose d'aller faire « la guerre » aux blockhaus, les trois autres s'enthousiasment.

« Je ferai le rôle d'Eisenhower durant le débarquement ! » se positionne aussitôt Serge qui voit là un très beau début de carrière.

C'est sans compter sur la présence du père Charolles. Le grand air, oui, la nature, oui, mais un des plaisirs de la campagne passe aussi par les travaux d'intérêt général et généreux. Ils ne sont plus quatre guerriers en roue libre, mais quatre victimes, piégées par la dictature des adultes. Renaud et Paul sont chargés de couper du bois pour la cheminée, Hervé et Serge sont réquisitionnés pour réparer la toiture en tôle de la remise, au fond du jardin.

« Et vous vous appliquez, les jeunes, parce que vous y dormirez ce soir ! »

Le bonheur d'œuvrer entre copains reste néanmoins au rendez-vous.

Plus tard dans la soirée, les travailleurs sont fourbus. Le dîner a été enfourné avec un lance-pierres et les quatre esclaves se sont dépêchés de regagner leur espace de liberté. Dans le fond de la remise, deux vieux matelas ont été jetés ; deux bonnes couvertures suffiront. Le premier lit de fortune est pris d'assaut par Serge et Renaud, laissant le second à Paul et Hervé. Comme dans la série du *Club des cinq* où l'aventure se trouve au bout du jardin, ce club des quatre se rêve en aventuriers de l'imaginaire... Ce n'est plus une remise délabrée, mais un bateau fantôme qui vogue dans la nuit et le brouillard. Entre deux aventures maritimes, ces marins improvisés parlent de femmes, enfin de filles. Chacun y va de son mot cru pour paraître plus mûr. Seul Renaud a des mots plus tendres... Une jolie rousse de treize ans qu'il a rencontrée pendant ses vacances à Saint-Malo, l'année dernière. Elle s'appelle Sylvie, elle est jolie, ressemble à une fée irlandaise. Ses parents tiennent une crêperie sur les remparts de la vieille cité bretonne. Les autres écoutent en silence ces confidences un peu douces pour des loups de mer aguerris. On dirait que Renaud est amoureux... La belle affaire ! Peu à peu, les lampes électriques s'éteignent, les voix s'atténuent, les respirations s'harmonisent, la remise devient silencieuse et la lune reste seule. Enfin, presque...

« Tu dors ? »

C'est la voix d'Hervé qui chuchote.

Celle de Paul répond que non. Il est trop fatigué pour trouver le sommeil.

— Tu ne trouves pas que cette journée a été un peu plan-plan ?

— Non, j'ai bien aimé fendre du bois... Je ne l'avais jamais fait. Et je trouve que ta grand-mère est formidable.

— Ah ? Elle sent le vieux, non ?

Paul se relève sur un coude et distingue la silhouette de son pote, la tête calée sur ses bras.

— Non… Moi, je n'ai pas de grand-mère. Alors son odeur, elle me plaît bien, c'est doux.

Hervé se redresse à son tour.

— Tu sais qu'on est à quelques centaines de mètres d'un endroit incroyable… La pointe du Hoc, ça te parle ?

— Non.

— C'est un véritable village de blockhaus…

— Génial ! On ira demain.

— Pourquoi pas maintenant ?

Paul laisse planer un silence.

— Tu serais cap d'aller dormir dans un blockhaus ? insiste Hervé.

— Tu veux vraiment qu'on y aille maintenant ?

— T'as la trouille ?

— Pourquoi j'aurais la trouille ? Y a plus d'Allemands, j'imagine ?

Petit rire.

— Chiche ! lâche Paul.

Les ronflements de sonneur de Serge et Renaud leur interdisent toute voix au chapitre de l'aventure. Les deux fugueurs, couverture sur l'épaule, se glissent dehors, vont ouvrir discrètement la barrière, traversent la route et se jettent dans un champ de maïs dont les épis ne sont encore, à cette époque, qu'à hauteur de poitrine. C'est presque une nuit de pleine lune, les ombres sont blafardes, mais l'obscurité est rassurante. Après deux cents mètres en terrain difficile, ils parviennent sur un chemin de terre. Bientôt, la première silhouette massive d'un blockhaus apparaît, puis deux et des dizaines. Certains sont éventrés, amas de pierres et de ferrailles, témoins d'un enfer de guerre. C'est ici, en juin 1944, que le deuxième bataillon de rangers a débarqué, laissant 90 hommes debout sur 250.

Il y a de gros nuages blancs qui filent sur la mer et font osciller la clarté lunaire.

Sans un mot, Hervé montre le chemin. Les deux garçons se dirigent vers le plus grand des bunkers. Il fait face à la mer, posé presque au bord de l'imposante falaise qui tombe jusqu'à la plage de galets, trente mètres plus bas. Ils descendent un escalier…

— Allume ta lampe.

Paul obéit.

Les voilà qui s'engouffrent dans le passé, noir et froid. Paul sent quelque chose qui lui frôle la jambe… Un rat qui file sans demander son reste. Ils longent deux couloirs avant d'arriver dans une pièce plus vaste. Une faible lumière vient de la longue meurtrière horizontale qui coupe le mur. Vue sur la mer.

— Tu reconnais ? lance Hervé.

— Que je reconnaisse quoi ? s'étonne Paul.

— La vue ? C'est celle qu'on voit dans *Le Jour le plus long*.

Paul essaye de se souvenir. Il connaît le film, mais…

— C'était le matin du 6 juin, reprend Hervé, très tôt le matin… Il y avait du brouillard… Les Allemands étaient à notre place et regardaient l'horizon, quand soudain…

— … ils ont vu apparaître des centaines de bateaux ! achève Paul, qui se remémore les images, à présent.

— Oui… mais pas des centaines, des milliers ! Plus de 4 000 navires ! Une nouvelle Armada, invincible, fantomatique !

— Impressionnant !

— C'est surtout ça que je voulais te montrer… On repart ?

— On avait parlé de dormir ici.

Paul sent une hésitation chez son copain. Sans doute s'était-il rendu compte de l'inconfort de l'endroit.

Au loin, un éclair zèbre sur la mer.

— Bien sûr…

Les images de ce week-end normand étaient revenues comme par magie. Un mot, une odeur, et les souvenirs oubliés affluaient comme une eau vive. Hervé Charolles… Charolles l'aventurier !

Paul se recala devant son ordinateur, lança Google et tapa…

# 7
# Hervé Charolles

## Biographie Wikipédia

*Né à Fontenay-aux-Roses en 1951, fils de Michel Charolles et de Lucie Vaquet, Hervé Charolles est diplômé de l'Institut d'études politiques de Paris. Depuis 1978, il travaille comme reporter et documentariste à travers le monde, et se veut la voix et l'image des hommes et des femmes dont la vie est bouleversée par la tragédie des guerres. Il est également, par son travail, témoin des grands événements de son temps.*

*Hervé Charolles a parcouru le monde pendant trente ans pour tenter de rendre compte des conséquences que subissent les populations innocentes face aux tragédies.*

*En 1989, pour son quatrième film, il est nominé pour le César du meilleur documentaire avec* Rostropovitch au pied du mur, *où il retrace les événements qui ont conduit à la chute du mur de Berlin, avec comme fil rouge la prise de conscience du grand violoncelliste russe, Mstislav Rostropovitch.*

*Dans* Les Oubliés de Tanzanie (1996), *le documentariste nous rappelle le drame du ferry* Bukoba *qui avait fait naufrage au large de Mwanza, pour mieux mettre en lumière le chaos politique qui règne alors dans le pays.*

*Son engagement politique traverse son œuvre de bout en bout, tout en évitant le piège des jugements moraux ou idéologiques.*

*Dès 1978, le ton était donné avec son premier documentaire,* Les Larmes libanaises, *dans lequel il suivait le sort de plusieurs familles victimes d'une attaque israélienne dans le sud du Liban. L'opération* Litani *visait à détruire les infrastructures militaires de l'OLP, responsable de plusieurs actes terroristes, notamment de la tragédie du « Bloody Bus » du 11 mars 1978.*

*Hervé Charolles est également l'auteur de deux ouvrages,* Mon tour des mondes, *aux éditions du Rocher et* Blessures enfouies *chez Calmann-Lévy.*

*Il vit à Paris, est marié et père de trois enfants.*

**Filmographie sélective**

1978 – *Les Larmes libanaises* (opération *Litani* au Liban).

1981 – *Les Cœurs rouges* (les banlieues et l'élection de François Mitterrand).

1986 – *Dakar rouge.*

1989 – *Rostropovitch au pied du mur.*

1991 – *Une famille dans le désert* (Guerre du Golfe).

1996 – *Les Oubliés de Tanzanie* (naufrage sur le lac Victoria).

1999 – *L'Espoir Chavez.*

2005 – *Les Enfants de la Résolution 242* (les Territoires occupés).

*

*Paris – Aujourd'hui.*

Paul en était à son deuxième café. Il avait beau essayer de rester calme, il se sentait animé d'une certaine fébrilité. C'était étrange pour lui qui avait reçu les plus grandes vedettes dans ses émissions télévisées, dîné avec des gloires mémorables, partagé des moments privilégiés avec les idoles de millions de gens, de ressentir ce trac qu'il n'avait plus connu depuis des années. Il était parcouru par cette impression curieuse que quelque chose d'important pour lui allait se jouer, se vivre. Il tenta de relativiser. Hervé, après tout, n'était qu'un vieux copain. Aucune raison de se mettre le cœur en chamade, et pourtant…

La « vedette » arriva avec une bonne quinzaine de minutes de retard. Il entra dans le café comme un vent froid. Coup d'œil panoramique avant d'apercevoir Saran qui lui faisait un petit signe de la main. Grand, dégingandé, le cheveu mi-long blanchi aux années et une barbe de trois jours. Il s'avança vers Paul d'une démarche péremptoire, énergique, le pas de quelqu'un qui a toujours un avion à prendre dans l'heure qui vient. Saran se leva, le sourire aux lèvres, la main tendue.

— Charolles !

— Saran ! sourit Paul.

— Évidemment.

Les deux hommes s'observèrent une poignée de secondes en silence avant de s'asseoir. Charolles commanda un café.

— Tu as dû être surpris de mon appel ? aborda Paul.

— J'ai un métier qui m'a appris à ne jamais me laisser surprendre… mais étonné, oui.

Le sens des mots.

Le ton ne manquait pas d'une certaine arrogance. Ses yeux ne restaient pas en place et il grattait sa barbe naissante comme s'il avait un tic.

Il ne paraissait pas particulièrement nerveux, mais plutôt agacé.

Paul toussota dans son poing.

— J'ai vu que ça marchait bien pour toi. Félicitations !

Le documentariste haussa les épaules.

— « Marcher » ? Tu sais, je ne suis pas dans le business... Je ne travaille pas pour que ça « marche » ou pas. Je n'avance pas à l'audimat ni aux parts de marché.

— Je suppose que tu dis ça pour moi ? sourit Paul, en essayant de rester détaché.

— C'est un peu ce que tu faisais, non ?

— Je ne crois pas avoir jamais subordonné mon travail à une quelconque idée de rendement ou d'audience... J'ai réfléchi, créé, agi, en fonction de mes passions. J'ai eu de la chance, aussi.

Charolles hocha la tête, ne pouvant s'empêcher une petite moue arrogante.

— Si tu le dis...

— Tu sais, Hervé, je crois que nous sommes les deux faces d'une même médaille. Quand les chaînes de télé gagnaient de l'argent avec mes émissions, cela leur permettait de produire des programmes plus...

— Intimistes ?

— Audacieux, je dirais.

— Heureux de te l'entendre dire.

— Tu sais, mon objectif, c'était de divertir. Voir la vie en rose pour ne pas la voir en noir.

— Je sais. Ce sont deux regards, deux directions… Des parallèles qui ne se croisent pas.

Paul soupira.

— Mais je n'ai jamais été inconscient pour autant. Mais je me trompe ou tu es en train de me reprocher ce que j'ai été ?

Petit rire grinçant.

— Cela m'est totalement égal ! Tu penses sincèrement que j'ai le temps de me poser ce genre de questions ? Pourquoi Paul Saran n'a-t-il pas profité de sa notoriété pour me ressembler et montrer les outrages du monde ? Excuse-moi de ne pas être hypocrite, mais je n'en ai rien à cirer des atermoiements d'une vedette de la télé !

Paul plongea un regard noir dans celui de Charolles.

— D'abord, je pense que tu me prends pour la mauvaise personne et je crois aussi que *tu* te prends pour la mauvaise personne !

— Pardon ?

— C'est mon ton qui t'étonne ?

— Qu'est-ce qui te prend ?

— Il me prend que ton arrogance me fatigue ! Je t'invite à boire un café parce que j'ai quelque chose de personnel à te demander et aussi parce que ça me fait plaisir de revoir un vieux copain avec qui je faisais les quatre cents coups… Tu te souviens qu'on faisait les quatre cents coups, non ? Que je me faisais une joie d'évoquer un peu de notre enfance… Et qui je vois arriver ? Un type suffisant qui croit être le seul à connaître le monde et ses tragédies, un homme qui m'assène ses vérités avec la subtilité d'un marteau-piqueur, qui ne me cache même pas son mépris, alors que tu ne me connais pas… Tu ne me connais plus, en tout cas !

Charolles baissa les yeux et jeta un coup d'œil sur sa montre.

— Excuse-moi, Paul... Je m'emballe un peu. Mais, puisque tu parles du passé, tu dois te souvenir que j'ai toujours été un peu brut de décoffrage. Je n'ai jamais été du genre à ne pas dire ce que je pensais... et je t'avoue que j'ai un peu de mal avec ce genre de...

— ... de carrière comme la mienne ?

— Si tu veux, ouais.

Paul se radoucit.

— On peut aussi penser qu'une certaine hypocrisie peut être le ciment d'une société plus harmonieuse.

— Ah ?! Il faudrait que je mente pour faire société ?

— Faire semblant, sauver les apparences... Je sais que ce sont des vieux concepts un peu poussiéreux, mais la courtoisie, ce n'est pas autre chose.

— Tu parles ! T'en as pas soupé des « J'adore ce que vous faites, monsieur Saran » ?

— Non, je préfère ça à l'impolitesse et aux insultes ! Et je ne suis pas à l'abri de compliments sincères. De toute façon, tout le monde ne peut pas être comme toi, avec un tonnelet de rhum accroché autour du cou, et on n'est pas obligé de considérer qu'une vie doit être obligatoirement une croisade !

— Aucun problème avec ça. Chacun mène sa barque comme il l'entend. Tu as choisi une voie et moi une autre... Mais le propre des parallèles, comme je te l'ai dit, c'est de ne pas se croiser.

— J'ai une vision moins géométrique des choses, en tout cas des êtres... Mais si tu tiens à rester dans la métaphore scientifique, je dirai que nos atomes ne sont peut-être pas crochus, tout simplement !

— C'est évident, répliqua Hervé Charolles d'un ton sec.

Saran voulut calmer un jeu qui tournait au massacre et tenta d'amadouer Charolles en faisant ce qu'il avait su faire le mieux tout au long de sa carrière : donner la parole à l'autre. L'homme, en général, n'aime jamais autant parler que quand le sujet est lui-même. Saran l'orienta sur ce documentaire de 1989, *Rostropovitch au pied du mur*, qui l'avait beaucoup ému à l'époque sans qu'il sache alors que l'auteur en était Charolles. La proie avait mordu à l'hameçon et le documentariste s'était jeté dans ses souvenirs comme la vérole sur le bas clergé breton. Sa rencontre magique avec le maître du violoncelle, qui avait voulu immortaliser l'instant historique sous l'égide d'une sarabande de Bach, accompagnée de la *Vie juive* d'Ernest Bloch… Et les premières pierres étaient tombées sous les trilles vibrantes du *Chant des oiseaux* de Pablo Casals.

— C'était un moment unique, tu comprends… J'ai laissé parler la caméra, simplement. La foule était là qui grossissait de plus en plus autour de Rostro. Il était assis, là, sur sa petite chaise blanche, dos à ce mur d'infamies, tagué jusqu'à l'outrance et les notes se sont élevées dans un silence de cathédrale. Avec une seconde caméra, j'ai filmé les yeux, les larmes, la joie… Toutes ces émotions compactées. Beaucoup, parmi ces Allemands de l'Est, ne connaissaient pas l'immense musicien qu'était Rostropovitch et ils déposaient des pièces à ses pieds comme une offrande faite à des jours nouveaux. C'était une renaissance. Plus tard, il dirait que ces quelques pièces furent son cachet le plus élevé…

Tu vois, Paul, ce sont ces petits moments de vie qui traversent la grande histoire qui me fascinent. Chacun son truc !

Saran ne voulut pas avoir l'« outrecuidance » de répliquer que, dans son domaine, il avait souvent privilégié lui aussi ce genre de moment. Il préférait laisser à ce vieux copain l'illusion d'être un phare lumineux dans un océan de tragédies.

— Mais tu disais, reprit Charolles, que tu n'es pas ici uniquement pour renouer une vieille amitié abandonnée sur les bancs de la Sorbonne et que tu voulais me demander quelque chose.

Paul se sentit soudainement fatigué, pour ne pas dire écrasé. Comme si un poids énorme s'était abattu sur ses épaules. Il voulait en finir rapidement avec cette entrevue qui se révélait non seulement décevante, mais vexante. Il songea aux mots sans fard de Suzanne qui l'avait mis en garde contre les fantômes du passé… qui traînaient souvent leur boulet au pied. Et cette chaîne-là faisait des kilomètres !

Il prit un billet dans sa poche, le jeta sur la table comme pour solder un vieux compte et se leva.

— Je ne m'attendais pas à ce que tu me parles comme ça après cinquante ans. Et je ne te cache pas que j'ai un peu passé l'âge de recevoir des leçons d'humanité ou d'humanisme. Alors, on va en rester là. Je ne voudrais pas te mettre en retard.

Soudain, Charolles parut désarçonné. Le danseur de corde n'assurait plus son équilibre. Il regarda Paul un instant avant de lui attraper le bras.

— Attends, Paul. Ne le prends pas comme ça. Tu as raison… Dis-moi…

Paul hésita un court instant et se rassit.

Il sortit une enveloppe kraft de sa parka, fit glisser la photo et la posa devant Charolles comme un flic qui cherche une réponse auprès de son indic.

— Tu te souviens de cette photo ?

Charolles l'observa quelques secondes.

— Vaguement… Je reconnais le père Louvois de la 3ᵉ B, réactionnaire un peu poussiéreux. Un autre temps.

Il pointa une silhouette aux cheveux en bataille et au sourire jovial.

— Te voilà… L'éternel optimiste de la bande ! Qu'est-ce que tu pouvais nous casser les burnes avec ton micro, tes disques et tes émissions !

— Dans mon souvenir, cela ne te déplaisait pas tant que ça… D'ailleurs, le grand échalas qui pose à côté de moi, c'est toi.

Charolles releva la tête et planta un regard ironique dans celui de son ex-ami.

— L'âme du journaliste… Je devais pressentir que tu étais déjà un *sujet*.

Paul ne voulut pas développer, laissant à cette réflexion mystérieuse la chance d'être un compliment.

— Tu reconnais les gars de la bande ?

Nouvelle observation.

— Au premier rang, à côté de Louvois, le lèche-bottes de Dussalier. Là… Le rouquin, comment il s'appelait déjà ? Son père avait un magasin de grolles et il croyait faire des prix à tout le monde…

— Il en faisait. Ce n'était pas encore le temps du consumérisme effréné.

— Mouais… Ruben ! C'est vrai que c'est un nom difficile à oublier. Il est inscrit au frontispice des chausseurs de bobos !

Paul dévisagea Hervé en silence.

— Quoi ?

— Tu vois tout, tu envisages tout, à l'aune du politique ?

— Pourquoi non ? Tout est politique.

— Tu n'as pas changé, finalement... Je revois encore le contestataire de 68 !

— Il faut croire qu'on est prisonniers de ce que nous sommes... Lui, je ne me souviens pas de son nom.

— Vincent Bonneterre.

— Ah oui, Bonneterre, le coquet. Tu sautais pas sa sœur ? Une belle nana amoureuse de Che Guevara...

Paul n'avait plus envie d'être aimable. Le ton de Charolles lui déplaisait souverainement. Pas très envie d'entendre ses errances triviales.

— Tu as le respect sélectif.

— Je ne vois pas...

— J'aime bien respecter les souvenirs... et je trouve que tes mots sont salissants.

Le documentariste serra les mâchoires. La sensation de malaise changeait de camp.

Paul retourna la photo.

— Et cette phrase, elle ne te rappelle rien ?

Charolles la déchiffra lentement.

— « Ne le dis surtout pas à Paul. » Je ne vois pas... C'est censé me dire quelque chose ?

— C'est l'écriture de ma mère.

Charolles dévisagea Paul sans aménité particulière.

— C'est pour cette raison que tu voulais qu'on se voie ? Pour savoir si ta mère m'avait demandé de te cacher quelque chose ? C'est plutôt baroque comme question, non ? Comme raison aussi, du reste.

Silence.

Comme si l'évidence ne lui était pas apparue plus tôt, Paul venait de se rendre compte du manque de tact de sa démarche. Voilà un copain d'école qu'il n'avait pas vu depuis cinquante-cinq ans, qu'il recevait sur un coin de table dans un café et à qui il demandait, *ex abrupto*, s'il n'était pas au courant d'un secret vieux comme un monde antique ! Il y avait en effet de quoi s'agacer. Paul tenta d'expliquer à son ancien ami que cette phrase mystérieuse jetée sur le verso d'une photo avait été comme un révélateur, un prétexte déclencheur à quelque chose de plus profond que le simple fait de vouloir comprendre le sens même de cette injonction. Sa mère, Emma, lui avait caché une part de sa vie, c'est vrai… Un secret, lourd, que Paul avait révélé dans un livre. Un livre… Un succès… Une boîte de Pandore qui avait ouvert de nouvelles questions. Puis cette photo en noir et blanc avec des souvenirs en geysers. Des rires, des odeurs, des sensations, revenus du fond des âges… enfin des âges tendres, surtout celui de la jeunesse !

— C'est un bain de jouvence que tu cherches ? coupa Charolles. Pour te laver de quoi ?

— De rien. Mais… j'ai eu envie de savoir… Toi… les autres… Ce que vous étiez devenus… Le tourbillon de la vie, tout ça quoi !

— Tu culpabilises ?

— De quoi ?

— Je ne sais pas. De ta réussite, peut-être ! Tu te retournes, tu mesures, tu comptes… et tu t'aperçois qu'il manque peut-être des choses.

— Quelles choses ?

— Aucune idée, mon vieux… C'est ta quête, pas la mienne.

Paul se fit de nouvelles rides entre les deux yeux.

— Je voulais juste voir ce qui pouvait nous relier les uns aux autres, mais…

— … mais tu constates qu'entre toi et moi, il y a un fossé large comme une vie et qu'il n'y a pas de pont pour traverser ! T'es déçu, mais c'est ça, la réalité du temps qui passe ! Le reste, c'est de la poésie pour mauvais poète ! Je suis désolé, mon vieux, mais je dois y aller… J'ai un vol pour Varsovie qui m'attend. Tu sais, la guerre en Ukraine, les bombes, les peuples asservis… bref, la politique ! Il y a ceux qui parlent du monde qui bouge et les intervieweurs de starlettes !

Toujours l'arrogance comme point d'ancrage.

Paul sourit, un peu las.

— Tu vois, Hervé, tu me parais comme un condensé de lieux communs. Tu juges, tu classifies, tu étiquettes… puis tu rejettes, tu ostracises, tu guillotines ! Comme certains intellos, tu veux que le monde rentre dans tes cases sinon tu ne comprends pas. Les hommes de gauche aiment la justice sociale, les gens de droite aiment l'argent, toi tu œuvres pour un monde meilleur, et moi je travaille à garder mes privilèges… Je ne suis pas sûr que tu comprennes le monde et les hommes aussi bien que tu le crois ! Je te souhaite un bon vol.

Charolles se leva, essayant de masquer son malaise.

— Pour répondre à ta question, Paul… Non, ta mère ne m'a jamais demandé de te cacher quelque chose.

Saran fit un simple geste de la main pour saluer ce bout de jeunesse qui partait en lambeaux. Avec Charolles, ils s'étaient perdus de vue, mais aussi de point de vue.

Paul eut une soudaine et furieuse envie de voir Suzanne pour serrer le présent dans ses bras, tout en souhaitant que cette quête aux vieux amis ne soit pas la chronique d'une déception annoncée.

# 8

# Gdańsk avec les loups

*Pologne – Le 23 mars 1990.*

Quand l'avion bifurque sur la gauche pour amorcer sa descente vers la Baltique, Paul Saran, nez au hublot, aperçoit le miroir glacé de cette mer gelée qui s'étale devant la plus grande ville portuaire de Pologne, Gdańsk. La veille, le 22 mars, les autorités locales de l'administration publique générale venaient de créer huit régions administratives regroupant plusieurs municipalités. La ville était devenue le chef-lieu de la voïvodie de Gdańsk.

Le tarmac blanchi apparaît soudain derrière un dernier voile de nuages. Quelques mots bilingues sont jetés par la voix nasillarde du pilote. Paul retient la température extérieure de -2 °C. Il frissonne déjà. Il ne sait pas si c'est la perspective d'un froid qu'il n'aime pas ou l'idée, à peine réalisée encore, qu'il va croiser un morceau d'histoire.

Quelques jours plus tôt, l'animateur, toujours curieux et passionné des bruits du monde, était tombé sur les images percutantes de Vaclav Havel, le tout nouveau président tchèque, l'initiateur de la révolution de velours, qui était venu soutenir un nouvel acteur de la scène politique polonaise, Lech Wałęsa. Ce dernier est, avec Anna Walentynowicz, le fondateur de Solidarność, une fédération de syndicats ouvriers, et l'artisan de la première véritable opposition au régime communiste. L'homme est fait d'un bloc, une carrure massive, une épaisse moustache barre un visage rubicond qui n'est pas avare de sourires malgré les difficultés de son entreprise.

Saran s'était senti happé par la présence hypnotique de ce personnage aux allures d'anti-héros, qui offrait à ses coreligionnaires un courage hors du commun. On connaît les joies soviétiques qui quadrillent toute la société civile à coups de censure, d'écoutes aléatoires, de répressions, d'arrestations arbitraires, d'interrogatoires musclés, menés avec un zèle de tous les instants par une police politique des plus efficaces. Malgré tout, un homme s'était levé pour dire non, prenant le risque de finir dans le fond d'un lac gelé. Un homme que rien ne semblait prédisposer à cela. Un fils de paysans, un prolétaire comme le décrivait la propagande communiste, au langage terrien et aux gestes rudes, mais aussi un homme habité d'une foi chrétienne solide, ancrée, qu'aucun endoctrinement soviétique n'avait réussi à juguler. Comme monsieur Jourdain qui ignorait qu'il faisait de la prose, ce poète de la liberté ignorait peut-être que son formidable charisme allait faire de lui un homme susceptible d'entraîner les foules au combat.

Avec le nouveau président tchèque Vaclav Havel, écrivain et philosophe, Lech Wałęsa asseyait l'ère du schisme politique. Ces dissidents qui n'étaient pas des politiciens professionnels, produits d'un régime moribond, allaient donner avec des mots nouveaux un autre souffle à la politique.

C'étaient ces hommes, ces destins, ces personnages hors du commun, qui avaient toujours fasciné Paul Saran l'animateur. Quels que furent leur parcours, leur chemin de vie, qu'est-ce qui poussait certains individus à sortir des sentiers battus pour embrasser une vie de saumon et ne pas suivre le courant ? Que voyaient-ils que les autres ne voyaient pas ? Quelle force particulière les animait ? De quel bois étaient-ils faits ?

En voyant ce Polonais plein de fougue qui étreignait le président tchèque au cœur d'une foule exaltée, une idée était soudain venue à l'esprit de Saran, une idée folle : il voulait interviewer cet homme qui s'opposait à une machine de répression implacable...

Plus qu'un désir, une volonté !

Dans l'instant, il avait appelé le bureau d'Étienne Mougeotte, le directeur de l'antenne de TF1, pour lui soumettre son idée. En quelques minutes, elle avait pris corps dans son esprit... Ce n'était plus une idée, c'était une obsession, une profession de foi ! Un morceau de glaise brute qu'il allait façonner... Son avenir en dépendait !

— Étienne, ce type est formidable !

— Je sais, Paul, vous aussi vous êtes formidable, mais vous ne jouez pas sur le même terrain ! C'est un homme politique et vous êtes un animateur de divertissements... Revenez sur terre !

— Je suis certain que je peux obtenir des choses de cet homme. Je vous assure que je sens quelque chose.

— Écoutez, Paul, je reconnais bien votre enthousiasme, que je salue, et je ne doute pas que vous seriez très efficace dans cet exercice, mais vous connaissez le corporatisme journalistique ?

— Je ne vois pas...

— Vous n'avez pas de carte de presse.

— J'espère que mon expérience est un meilleur laissez-passer.

— La question n'est pas là! Aux yeux de la profession, vous êtes un animateur, pas un journaliste! Faites ça et on vous clouera au pilori pour crime de lèse-journalisme... Vous ne connaissez pas les lascars!

— Enfin, Étienne, c'est vous le patron, non? C'est vous qui décidez!

— Justement. Il est de ma responsabilité de ne pas froisser les susceptibilités et de faire en sorte que chacun excelle dans sa partie. Vous connaissez le vieil adage populaire, « chacun son travail et les...

— ... vaches seront bien gardées », oui je sais, mais il ne s'agit pas de jouer les cow-boys, mais de vivre une rencontre extraordinaire avec un homme qui est un bout de la grande histoire contemporaine! Ça vaut tous les corporatismes, non?

Un silence s'était installé, pesant.

Paul Saran avait introduit le virus du doute dans le cerveau de l'entrepreneur qu'était Étienne Mougeotte. Il est difficile d'empêcher l'instinct de l'écureuil de faire des réserves.

— Écoutez, Paul, je ne sais pas... Vraiment...

Il fallait s'accrocher à cette hésitation. C'était une brèche ouverte.

— Étienne, si je vous rapporte l'interview clefs en main et qu'elle correspond à nos attentes... on diffuse?

Nouveau silence.

— D'accord, avait fini par lâcher le grand ponte de TF1, vous avez ma parole... mais vous prenez toute la responsabilité de sa réalisation.

C'était la main d'un soldat prêt à partir au feu qui avait raccroché victorieusement le combiné du téléphone.

L'équipe de télévision française qui passe la douane ce jour-là est réduite à sa plus simple expression... Un cameraman qui fera aussi office de preneur de son et d'éclairagiste sous la houlette d'un Paul Saran, en monsieur Loyal. Une véritable équipe de « mercenaires » à la solde du témoignage historique.

En réalité, Saran est bravache, mais il n'en mène pas large. Il a l'impression d'être un de ces danseurs de corde qui travaillent sans filet.

Un taxi les emporte une douzaine de kilomètres au centre-ville. La bourgade est sombre, presque noire. Il ne neige pas vraiment, c'est comme une cendre grisâtre qui s'écrase lentement sur la ville.

Saran se demande où se trouve la perle de la Baltique tant vantée dans les guides touristiques. Sous un soleil d'été, la vieille ville qui borde l'eau en égrenant son chapelet de maisons colorées doit posséder un certain charme, sans doute. Mais la grisaille gelée de mars a raison d'elle.

Le siège de Solidarność est près du centre, mais un centre qui n'est pas encore *le* centre. Il y a partout cette dimension soviétique dont le pays ne s'est pas encore affranchi. Ces artères longues et déshumanisées, ces chantiers inachevés, ces taudis éventrés... Les derniers « charmes » d'une ville qui a besoin de se réinventer.

Saran est sur le point de rencontrer son futur architecte.

Devant un immeuble sans joie, aux murs lézardés à demi repeints, se tiennent deux cerbères qui encadrent la porte. Suivi d'Yves, son cameraman, Paul pénètre dans la maison.

Le décor est froid, impersonnel, le carrelage de l'entrée vide, presque sale. Ils entrent dans une nouvelle pièce, plus vaste, où une femme, sans élégance particulière, sans maquillage, les accueille avec un sourire soviétique et un accent en roulement de tambour.

— Monsieur Saran, il faut vous dépêcher, vous n'aurez que dix minutes d'interview. Monsieur Walesa va venir et il est très occupé.

Elle ne cesse de regarder à droite, à gauche, le corps en mouvement. Elle semble stressée. Elle indique à Yves où installer la caméra. Le lieu est d'une austérité désarmante. Pas de rideaux aux fenêtres, pas de tableaux aux murs ; une simple table de métal et trois chaises. Le dénuement de l'Est. Saran demande à changer la lumière trop crue. Tout se fait vite sous le regard fébrile de la traductrice.

Quelques minutes plus tard, Lech Wałęsa apparaît.

Le cœur de Paul bat la chamade. L'homme qui est en train de réécrire l'histoire de son pays irradie de charisme. Pourtant, l'ancien électricien syndicaliste n'a pas un profil de beauté grecque ni une prestance hollywoodienne, mais il en impose. Il est vêtu d'un polo gris boutonné jusqu'au cou et d'une veste bon marché. Le visage est rubicond, un peu fort, barré d'une épaisse moustache. Les salutations sont rapides et sans affabilité. Paul Saran… Il ne connaît pas. Il sait juste que c'est la France qui vient aux nouvelles. « Son agenda est saturé, il n'a pas beaucoup de temps », ne cesse de répéter en boucle *madame Olga*. Lech Wałęsa n'est pas désagréable, mais il ne fait pas d'effort particulier pour être aimable. Depuis qu'il représente la contestation des ouvriers polonais, il enchaîne les colloques, débats, meetings et mille interviews.

Il s'assoit, attend silencieusement qu'on l'équipe d'un micro. Il est très calme.

— N'oubliez, monsieur Saran, dix minutes!

Paul a beaucoup réfléchi à cette interview. Il a bien intégré le fait qu'il n'était pas journaliste, qu'il n'est pas, selon des critères imposés par un certain corporatisme, légitime pour faire une interview politique. Il s'en moque. Ce n'est pas tant le parcours politique qui l'intéresse que l'homme. Oui, l'homme au cœur de la tourmente, l'homme au cœur de l'histoire. Comment vit-on un moment pareil ? S'y attend-on ? Y est-on préparé lorsque l'on est un ouvrier avec pour ambition première de nourrir sa famille ? Comment gère-t-on le quotidien ? Comment se présente-t-on devant sa femme ? Comment cache-t-on sa peur ? Comment lui explique-t-on que son enfant est peut-être en danger de mort parce que son père a choisi de se faire le porte-parole d'un peuple qui souffre face à un système soviétique brutal, voire meurtrier ?

La pluie de questions que Saran assène surprend Wałęsa qui s'attend, comme d'habitude, à des questions formelles sur les enjeux politiques, sur la nature de son futur programme... Là, aucune interrogation sur le pacte de Varsovie, sur la « doctrine Brejnev », sur la révolution de velours, sur le parti communiste. Il sourit, se détend, se livre... un peu. Sa parole se libère, il se sent en confiance. Saran continue en douceur. Et Danouta, sa femme, elle qui prononça à sa place, en 1983, le discours de remerciement à Oslo lors de la remise de son prix Nobel de la paix, comment vit-elle ce succès ? Il élude... Wałęsa, grand chrétien, est un intuitif. Ce n'est pas un homme d'appareil, il n'est pas homme de carrière. Il est devenu militant par nécessité. Les choses se sont précipitées, il les a accompagnées. Et que faire quand les autres comptent sur vous ? Quand les autres deviennent des milliers, des millions, un peuple ? Ce n'est plus une affaire de courage, mais de dignité… de dignité et d'abnégation.

Saran l'oriente vers son enfance, son adolescence… Le leader de Solidarność se prête au jeu de bonne grâce. Paul aussi est un intuitif et il sent que c'est un instant de récréation pour le Polonais.

Torrent d'impressions ! Les mots ont coulé si vite que les soupirs inquiets de madame Olga, traductrice en chef, n'ont rien pu faire et le quart d'heure autorisé est allé faire un tour de cadran sans autorisation. Une heure de liberté volée. Wałęsa est souriant. Paul veut en savoir encore un peu plus, mais c'est terminé. On lui fait savoir qu'il a eu beaucoup de chance d'avoir eu autant de temps.

Une poignée de main rapide, et le futur président de la Pologne disparaît vers son destin.

Paul Saran a son interview en boîte.

Plus qu'un leader, il a vu un homme !

## Chronique 48 - mai 1985
## « Droit dans les yeux » - Sophie Marceau

Je n'ai pas apprécié ce numéro de *Droit dans les yeux* diffusé hier soir... Et quand je dis « numéro », j'y laisse un double sens volontaire. Car c'est presque à un numéro de cirque auquel j'ai assisté, je dirais même un numéro de corrida ! Ce septième opus de l'émission mettait sur le gril la jeune Sophie Marceau que *La Boum* de Claude Pinoteau nous avait révélée quelques années plus tôt. C'est une jeune actrice, fraîche et charmante. Sa spontanéité lui interdit peut-être l'expérience. Mais son récent succès et sa jeunesse n'excusent pas l'indécence d'un certain nombre d'intervenants qui jugent, insultent et tranchent comme dans un tribunal populaire. Des censeurs et des moralistes à l'abri chez eux, derrière leur téléphone, et s'autorisant les pires dérives au bon goût.

Mademoiselle Marceau n'est sans doute pas Sarah Bernhardt, et pas encore Catherine Deneuve, mais le prétend-elle ? Elle s'est risquée dans un *Fort Sagane* dans les sables desquels, certes, elle s'est embourbée, mais la faute ne lui incombait pas vraiment ; elle s'est vue attribuer le rôle principal aux côtés de Jean-Paul Belmondo dans le film *Joyeuses Pâques* qui ne cassait pas trois pattes à un canard… en chocolat, mais elle n'y était pas désagréable ; quant à lui reprocher son audace pour son rôle dans un film de Zulawski, *L'Amour braque*, je pense que l'intervenant se trompe de cible. J'ai bien l'impression que dans quelques années on parlera encore de Sophie Marceau et on aura oublié l'œuvre absconse de cet intellectuel polonais. Mais quoi que j'en pense, je ne me permettrais pas publiquement de juger ce monsieur.

Bien sûr, Paul n'a pas failli à sa tâche d'animateur et de modérateur en prenant la défense de la comédienne et en renvoyant les indélicats dans leur but, mais il lui faudra prendre en considération les limites de l'exercice. Il ne peut pas laisser son émission devenir un ring sur lequel les artistes viendraient prendre des coups gratuitement. Il pourrait y avoir une forme de dérive malsaine où le divertissement deviendrait un voyeurisme assumé. On connaît le goût de la plèbe pour le sang, la télévision ne doit pas s'en faire l'écho.

Je ne doute pas que Paul Saran prendra la mesure de ce qui s'est passé avec mademoiselle Marceau et qu'il saura rectifier le tir.

# 9

# Souvenirs d'Agnès

*Paris – Aujourd'hui.*

Le froid vif lui piqua le visage. Une fraîcheur qui lui fit du bien après la touffeur écœurante du café. Paul se sentait encore la tête chaude, les tempes dans un étau, et la boule au ventre ne semblait pas vouloir s'atténuer. Il essayait de ne plus penser à cette entrevue qui lui laissait un goût amer. Quelle tristesse ! Lui qui pensait que cette rencontre ferait remonter ce sentiment voluptueux si caractéristique des souvenirs liés à l'enfance, ces moments d'insouciance que bien souvent la vie ne vous offre plus quand les responsabilités vous enchaînent.

Sans parler d'une sorte de complicité que Paul avait espéré retrouver, il n'avait même pas réussi à lire une petite lueur de plaisir dans le regard de Charolles. Il n'avait saisi aucune perche tendue, enfermé qu'il était dans cette certitude de détenir la vérité. Avait-il voulu masquer, par pudeur, une forme de jalousie ou un complexe d'infériorité ridicule ? Avait-il voulu donner une leçon à Paul Saran, l'homme qui murmurait à l'oreille des vedettes ? Non… Paul ne le pensait pas vraiment. Tout n'avait été qu'agacement et arrogance. Hervé était un homme de gauche, il l'avait toujours été, et il avait ce sentiment inaltérable qu'il était du côté du bien, du côté de ceux qui ont toujours raison parce qu'ils ont le discours fort, celui qui promet des lendemains enchanteurs à bas prix. Paul avait une vision plus nuancée de la vie. Parler de l'autre, chez Charolles, c'était de l'altruisme, chez Saran, c'était du business ; pour Saran, c'était mieux hier, pour Charolles, ce sera mieux demain ; quand Charolles filme le monde, c'est l'amour de l'humanité qui transpire, quand Saran interviewe Pavarotti, c'est… Saran qui interviewe Pavarotti. L'un n'est qu'humanisme, l'autre pragmatisme ! Conneries ! Saran n'est pas ça ! Bien sûr, il savait qu'il était le produit d'une image, d'un stéréotype… La notoriété vous façonne dans un bloc, vous statufie. Statue sur laquelle on colle des étiquettes que l'on n'arrive jamais à faire disparaître totalement.

Le mur de Berlin était tombé, Rostropovitch avait fait résonner Bach avec cette sarabande de la débandade, Hervé Charolles avait accompagné l'événement de sa caméra… puis la première pierre effondrée avait entraîné la deuxième et la troisième, pareille à un jeu de dominos… Mais lui aussi, Saran, avait été un témoin privilégié des événements, lui aussi à sa manière, il avait contribué à montrer le monde. Mais il avait choisi de montrer les rires et les réussites au lieu des larmes et des défaites.

Plus il y pensait, plus il trouvait que les propos sévères de Charolles à son endroit n'étaient pas justes. Cette première rencontre ratée, c'était comme une chute de cheval, il ne pouvait pas rester sur cette impression qui le mettait mal à l'aise. Il s'arrêta en plein milieu du trottoir et sortit la photo de sa poche.

Aux alentours, personne ne se demanderait pourquoi le Paul Saran de l'émission *Comme on se retrouve* fixait une photo d'école avec autant d'intensité, personne ne se douterait non plus que cette vedette du petit écran était sur le point de lancer un avis de recherche sur sa propre jeunesse !

Qui joindre de cette bande ?

Et si la personne à contacter n'était pas sur la photo ? C'est en observant le regard un peu fuyant de Vincent Bonneterre que Paul eut le déclic. Agnès, bien sûr ! Sa sœur ! Agnès Bonneterre qui, depuis une trentaine d'années, était devenue Agnès Delcroix, l'épouse de Philippe Delcroix, l'homme des intrigues africaines qui avait défrayé la chronique au moment de l'affaire Elf Aquitaine, en 1994. Agnès qui avait fait une brillante course aux fonctions politiques et avait dû mettre sa carrière en sommeil suite aux frasques financières de son époux, avant de revenir discrètement aux affaires quelques années plus tard, sereine et divorcée. Trois ou quatre ans d'une traversée du désert, puis elle avait intégré un poste de secrétaire d'État à la Culture… Agnès avec qui Paul, en 1968, avait allègrement jeté des pavés dans la mare des révolutionnaires bourgeois, en œuvrant pour l'accès à la mixité dans les établissements scolaires.

Chère Agnès…

*

*Paris – 1 rue de Solférino – 1er janvier 2002.*

Le Paris de ce début d'année 2002 est en ébullition. C'est le premier jour de l'euro. La France a perdu son franc et elle entre dans une nouvelle ère, celle du paradis monétaire.

C'est ce que les politiques ont vendu aux Français depuis des années. La monnaie unique allait rendre enfin les peuples heureux. Les discours vont bon train, autant dans les chancelleries que chez les boulangers. Certains exultent, imaginent déjà des lendemains enchanteurs, d'autres bougonnent, ratiocinent, extrapolent une catastrophe financière. C'est clivant, c'est vivant, c'est gaulois !

Paul et sa femme Suzanne sont là, dans la salle de la grande chancellerie de l'ordre de la Légion d'honneur. Ils font partie des invités de sœur Emmanuelle avec laquelle ils ont gardé une amitié fidèle. Depuis 1996, la petite sœur des pauvres a été promue chevalier de la Légion d'honneur ; aujourd'hui, c'est le grade de commandeur qui l'attend.

La petite voix flûtée de sœur Emmanuelle, reconnaissable entre toutes, jaillit soudain de derrière un petit bosquet d'invités qui attendaient l'arrivée du président Chirac. Paul fait un pas de côté pour apercevoir la frêle silhouette de la petite sœur des pauvres. Elle est penchée sur l'épaule de l'abbé Pierre et lui chante toute son admiration et son plaisir de le voir ici, parmi eux. Le fondateur d'Emmaüs, assis dans sa chaise roulante, est là qui attend, comme les seize autres candidats du jour, de recevoir sa médaille.

Curieuse course aux honneurs pour ces héros caritatifs qui ne les cherchent pas. Que fait cette chiffonnière des pauvres parmi les ors de la République ? La réponse est simple et elle la répète sur tous les plateaux de télévision sur lesquels elle est conviée, y compris celui de Paul Saran : faire entendre sa voix, sa petite voix énergique, pour alerter chacun sur l'état du monde ! Pour crier haut et fort que, pendant qu'une partie de l'humanité vit dans l'opulence, l'autre partie cherche à boire et à manger. Elle, dont le mot abhorré est « Stop », a fait de sa vie une chasse infatigable aux injustices. Après quarante ans d'enseignement chez les plus démunis, de la Tunisie à la Turquie, c'est à plus de soixante ans qu'elle a découvert l'horreur des bidonvilles égyptiens, la misère du Caire. Aux harmonies du *Salve Regina*, « elle soupire parmi les cris et les pleurs de cette vallée des larmes ». Armée de son bâton de pèlerin, elle a traversé tous les continents et déplacé des montagnes pour rapporter des fonds afin de bâtir des dispensaires et des écoles, pour sortir les enfants de l'ordure et de l'indignité et transformer un peu de ce monde hostile à certains hommes.

À soixante-deux ans, elle s'était enfin mise dans les pas de son maître spirituel sur terre, le père Damien, ce prêtre belge, comme elle, de la congrégation des Sacrés-Cœurs de Jésus et de Marie, qui avait voué sa vie aux lépreux du Pacifique. Ce « martyr de la charité » que le mahatma Gandhi en personne célébra en son temps, avait été pour sœur Emmanuelle un chemin de vie à suivre.

Ses lépreux s'appelaient Mohamed, Karim, Moussa, et vivaient sur les immondices entre les rats et les virus.

— Tiens, mon petit Paul, toi aussi tu es là ? C'est gentil d'être venu. Faudra que tu me réinvites dans ton émission. Les gens t'aiment bien, tu sais… Ah l'amour… Oh, Jacques !

Jacques Chirac qui vient de faire son entrée avec son épouse, salue à la cantonade, s'approche d'un pas de félin vers la petite sœur des pauvres et l'embrasse.

— Jacques, tu sais qu'il faut que je te parle. Les médailles, c'est joli, mais j'ai besoin de sous !

Son tutoiement, qu'elle dégaine à tout va, des indigents cairotes aux maîtres du monde, la rend universelle.

Le président lui jette un clin d'œil complice et vient s'installer devant un pupitre à la gauche de son premier ministre, Lionel Jospin, qui reste stoïque comme une statue grecque.

La cérémonie va commencer.

Les discours d'usage pleuvent. La République, par la voix de ses représentants les plus dignes, promeut ce qu'elle a promis : récompenser les services rendus à la nation, qu'ils soient dans le domaine militaire ou civil. Sans ostentation, Paul salue Claude Nougaro, le poète toulousain, le comédien Pierre Arditi, le réalisateur Pierre Tchernia ou encore le violoniste de jazz Didier Lockwood… Quelques patrons d'industrie sont là aussi, venus chercher leur médaille.

Paul n'est pas homme de mondanités. Il a toujours soigneusement pris soin de ne pas mélanger son travail d'animateur et de producteur avec sa vie privée ; aussi, sa présence à la Grande Chancellerie ce 1er janvier ne répond-elle qu'au désir de rendre hommage à sœur Emmanuelle qu'il trouve extraordinaire. Un être de cette nature, enjouée autant que déterminée, est un miracle pour l'humanité.

Paul observe discrètement tout ce beau monde attentif et, l'oreille distraite, ne perçoit que quelques bribes des discours convenus. Il note le sourire en coin de la « chiffonnière » qui prend son mal en patience dans l'attente de pouvoir « taper » au portefeuille de la République. Son urgence est égyptienne. Pierre Arditi, lui, paraît très concentré. Ce récipiendaire de la plus haute distinction de l'État prend très au sérieux cette cérémonie et l'honneur qu'on lui fait. Aura-t-il la larme à l'œil au moment où le président épinglera la médaille sur sa poitrine ? Ce n'est pas impossible. Sur la gauche, non loin de Lionel Jospin qui, lui aussi, offre un masque républicain, se trouve une femme, la cinquantaine séduisante, qui ne semble pas prêter plus attention que Paul à la cérémonie. Elle lui sourit. Une admiratrice ? Son visage ne lui est pas inconnu… mais il a beau chercher, il ne voit pas. Il détourne le regard et essaye de se concentrer sur la fête. C'est autour de l'auteur de *Toulouse* de se faire épingler. Paul connaît bien Nougaro et il sait qu'en son for intérieur, ce dernier n'est pas un adepte des récompenses. Le poète fleurit toujours sur le marbre du spéculateur.

Paul s'ennuie déjà et n'a qu'une hâte, c'est de repartir. Suzanne est en pleine conversation avec Évelyne Bouix, l'épouse de Pierre Arditi.

— Alors, monsieur Saran, on ne reconnaît plus les vieux copains ?

Cette voix, chaude et grave, remontait d'un passé lointain.

Il se retourne vers l'inconnue qui s'est rapprochée.

— Je devrais peut-être t'appeler Paul Clermont.

Clermont ! Cela faisait si longtemps qu'on ne l'appelait plus comme ça.

— Agnès ? Agnès…

— J'ai tellement changé que tu me reconnaisses à la forme interrogative ?

— Je ne m'attendais pas à te revoir dans ces conditions, murmura Paul, que fais-tu ici ?

Trente minutes et dix-sept remises de médailles plus tard, après que Paul eut présenté Suzanne à Agnès, les deux anciens amis sont réunis autour d'un café dans une pièce discrète de la Grande Chancellerie. Suzanne a préféré les laisser en tête-à-tête avec leurs souvenirs, et est retournée auprès des Arditi pour les inviter l'été prochain sous le soleil de la Provence à l'ombre des platanes, loin des lumières artificielles.

Paul remercie son épouse d'un sourire complice.

Quelques regards gênés d'abord, accompagnés de sourires furtifs ont précédé les « confessions ». Bien sûr, la vie de Paul a longtemps été étalée dans la presse *people* souvent pour le meilleur, parfois pour le pire, et son statut d'homme public en a fait une sorte de livre ouvert aux pages duquel chacun fait sa propre lecture. Agnès Bonneterre n'ignore rien de l'homme de télé, aussi a-t-elle la délicatesse de s'intéresser à sa vie de famille… Combien d'enfants ? Et ses parents ? Comment vont-ils ? Paul s'y soumet de bonne grâce. Agnès se souvient d'Emma… qui va bien et coule une retraite paisible dans le sud de la France. Son père est parti quelques mois plus tôt. Une douleur qui s'estompe mal. Condoléances.

— Mais parlons plutôt de toi, Agnès.

Saran fait un large geste admiratif de l'endroit. Les ors de la République y flamboient.

— Qu'est devenue Agnès Bonneterre ?…

Elle sourit, complice de ces trois petits points suspendus.

— Elle est devenue Agnès Delcroix pendant vingt-neuf ans.

— Elle ne l'est plus ?

— Philippe Delcroix, ça ne te dit rien ?

Petit silence.

— Celui des errances africaines ?

— En personne !

— Une épée dans le monde des affaires politiques, si je me souviens bien…

— Comme tu dis ! Maire, député, ambassadeur en Italie, chef du protocole au Quai d'Orsay et inspecteur général des Affaires étrangères avant d'être débauché par un groupe privé… La suite a été dans tous les journaux, il y a une petite dizaine d'années. Je peux te garantir que je suis tombée de l'armoire !

Agnès lui brosse rapidement les trente-cinq ans d'une vie bien remplie où la politique a joué un grand rôle. Elle avait eu la chance, pour ne pas dire l'honneur, de travailler très jeune aux côtes de Simone Veil lorsque celle-ci avait eu en charge le ministère de la Santé. Combien elle avait noirci de pages, rempli de dossiers, sur le sujet brûlant de l'IVG… Elle s'était sentie, comme beaucoup de jeunes femmes autour d'elle, investie d'une mission essentielle. L'année 1974, l'année de ses vingt-six ans, avait vu naître sa prise de conscience féministe. Fraîchement mariée avec un des plus jeunes députés de France aux ambitions sans limites, elle avait très vite écarté l'idée d'être mère et s'était jetée à corps perdu dans la chose politique et le combat pour l'émancipation des femmes. Elle était restée plusieurs années dans les couloirs du ministère de la Santé, longtemps après le départ de Simone Veil, mais l'élection de François Mitterrand avait momentanément stoppé son ascension. Elle avait alors traîné dans quelques associations diverses avant de revenir aux affaires en 1986, pendant la cohabitation avec Jacques Chirac, mais cette fois dans le domaine de la culture.

À cette époque, les choses commençaient déjà à ne plus aller avec son mari et ses affaires de corruption avaient éclaté. Nouvelle traversée du désert, le temps de laver les éclaboussures.

— Tu te souviens de mon frère, Vincent ?

— Bien sûr… Le silencieux de la bande. Que devient-il ?

— Il est toujours en Espagne. Il s'est marié là-bas. À l'époque, après l'affaire, il m'a ramassée à la petite cuillère… Heureusement qu'il était là.

— Et tout ça ? Ta présence ici ?

Agnès Bonneterre était revenue en douceur dans le monde politique où elle avait gardé des amitiés profondes. Quelques missions en province, concernant le théâtre subventionné, lui avaient d'abord permis de remettre le pied à l'étrier et, un an plus tôt, elle avait intégré l'équipe de la nouvelle ministre de la Culture, Catherine Tasca, qui avait souhaité faire de la décentralisation culturelle une des priorités. Dans le cadre d'un nouveau secrétariat d'État au Patrimoine, Agnès était chargée de coordonner les efforts du ministère avec la province pour accroître le rayonnement de la culture et renforcer les prérogatives des DRAC[1].

— Impressionnant, apprécie poliment Paul.

— Je sais, c'est un peu technique, mais j'ai vraiment l'impression d'œuvrer pour que la culture parvienne à tous et que les artistes de tous horizons se sentent soutenus.

— On fait le même métier en somme, sourit Saran.

*

*Paris – Aujourd'hui.*

Le souvenir de cette matinée de janvier 2002 lui était revenu aussitôt et il en percevait encore clairement les échos vingt ans plus tard.

— Promets-moi que nous ne laisserons pas filer trente-cinq ans avant de nous revoir ?

Ce furent les derniers mots qu'Agnès avait prononcés avant qu'ils ne se quittent. Les années avaient passé et, avec elles, les occasions de ne pas se revoir. Une carte de vœux

1. Direction régionale des affaires culturelles.

au nouvel an, les promesses de dîners et la vie trop courte pour les honorer. Vingt ans passent, filent, défilent, les amours s'enfuient, les amitiés s'oublient, laissant aux enterrements le soin des regrets.

— Agnès ?... C'est Paul... Paul Saran.

*

*Paris – 7e arrondissement.*

L'appartement d'Agnès Bonneterre était spacieux, moderne, blanc. C'était l'appartement d'une femme de goût où chaque bibelot, témoin de multiples voyages, était disposé avec soin. Le salon était traversant et offrait le « choix du roi », d'un côté le calme reposant d'une cour intérieure parisienne, de l'autre une vue sur les embarras de Paris. Des embarras d'un certain standing que surveillait la haute silhouette de la tour Eiffel.

Agnès était assise face à Paul sur un canapé de cuir blanc. Ils étaient séparés par une table basse sur laquelle fumaient deux tasses de café. Elle était silencieuse et souriante. Les outrages du temps l'avaient préservée autant que les ravages de la chirurgie esthétique. Elle s'était laissé vieillir sans crainte, sans artifice, mettant même une certaine coquetterie à ressembler à une jolie grand-mère. Ce qu'elle n'était pas en réalité car elle n'avait jamais eu d'enfant.

— Non, pas vraiment un choix, mais le travail, la carrière, le temps qui passe... et puis j'ai épousé un homme pressé. Pressé en toutes choses. Et il a voulu aller tellement vite, tellement haut...

— ... qu'il s'est brûlé les ailes.

— Oui… et un peu les miennes par la même occasion.

— Des regrets ?

— Non, pas vraiment. Les aléas de la vie, mais jusqu'à présent elle a été bien remplie… Peut-être pas comme la tienne, mais j'ai bien profité.

— Oh tu sais, la mienne a été beaucoup remplie de la vie des autres aussi.

Agnès sursauta légèrement.

— C'est joli comme image, développe.

Paul fit une moue gênée.

Les mots lui étaient venus naturellement. En fait, avant d'écrire le livre de sa mère, le roman d'Emma, il n'avait jamais véritablement réfléchi à ça. Ce fut pendant sa rédaction que l'évidence lui avait sauté aux yeux. Oui, il avait passé une grande partie de sa vie à inviter les autres à parler d'eux-mêmes, à livrer leurs secrets parfois les plus enfouis.

Qu'avait-il cherché dans les vies d'autrui ? Toutes ces émissions qu'il avait imaginées, conçues et produites, autour des confessions, des retrouvailles, des amitiés oubliées, alors qu'il était lui-même entouré de secrets qu'il ignorait. Les sentait-il ? Les pressentait-il ?

— Peut-être était-ce une façon de comprendre qui j'étais moi-même… Je n'ai jamais eu de guide spirituel. Chez mes parents, on ne croyait pas en Dieu. J'aimerais y croire moi-même. Ce doit être réconfortant. Savoir comment vivent les autres m'a toujours intéressé, interrogé même. Quel est le bon chemin de vie ? Y en a-t-il un ? Mes parents m'ont appris le respect de soi qui mène au respect des autres, l'honnêteté, la fidélité, le goût de l'effort et du travail bien réalisé, mais… le grand mystère reste sans réponse.

— J'ai lu ton livre, *La Lettre*, coupa Agnès, j'ai beaucoup aimé. Il m'a même arraché quelques larmes, je me suis souvenue de ta mère qui était si gentille. C'est une histoire folle. Comment a-t-elle pu cacher une chose pareille si longtemps... Quelle souffrance cela a dû être pour elle.

— Oui... j'espère qu'on a réussi à atténuer sa peine, mais...

— J'en suis sûre. Mais quoi ?

Paul remuait nerveusement. Il ne savait pas comment aborder la question de sa présence chez Agnès. Peut-être avait-il manqué de finesse avec Charolles, et il ne voulait pas recommencer.

— Je... je suis content que tu me parles du livre, amorça-t-il, parce que... je crains que cette histoire ne soit pas totalement terminée.

— Oh ! Tu m'intrigues... Tu prépares une suite ?

Paul chassa la boutade d'un revers de main agacé.

— Non, mais en faisant du rangement dans les affaires de ma mère, j'ai découvert quelque chose qui me tracasse.

Saran sortit la photo, la posa sur la table basse et la fit pivoter vers Agnès.

— Une photo de classe ?

— Tu reconnais les six compagnons ?

Elle tapota le cliché.

— Ben surtout Vincent, mon frère, et ta petite bouille de jeune premier qui faisait tomber toutes les filles.

— Surtout une...

Saran ne sut pas si elle souriait sur un passé agréable ou sur son hypocrisie courtoise.

— Les autres, je ne les ai pas beaucoup fréquentés. Quel est le problème ?

— Retourne la photo.

Ce qu'elle fit.

« Ne le dis surtout à Paul… »

Elle releva la tête après quelques secondes de silence.

— Qui a écrit ça ?

— Ma mère.

— Et qu'est-ce qu'il ne faut pas te dire ?

— J'en ai une petite idée.

— C'est une photo de quelle année ?

— 65 ! Juin 65.

— Tu penses que c'est lié au fameux secret ?

— Ça me paraît évident.

— Alors, qu'est-ce qui te gêne ? Puisque tu sais à quoi cela fait référence… Le mystère est résolu, non ?

— Mais tu ne comprends pas… La question, à mon sens, n'est pas de savoir ce qu'il fallait me cacher, je suppose bien sûr qu'il s'agit de cet enfant illégitime, mais *à qui* ma mère s'adressait !

Agnès hocha la tête en mimant la circonspection.

— Ah ? Et c'est si important que ça ?

— Évidemment que c'est important ! Avec quel gamin ? Avec lequel de mes copains pouvait-elle avoir un degré d'intimité tel qu'elle lui demande de partager son secret ? Et de m'écarter de la confidence ?

— Je ne comprends pas quel intérêt elle aurait eu à faire une chose pareille ?

— Et voilà ! Tu mets le doigt dessus… Et pourtant elle l'a fait !

Saran n'arrêtait pas de gigoter sur le sofa.

— Calme-toi, Paul, tu me parais bien agité pour pas grand-chose. Je te proposerais bien un autre café, mais ça ne serait pas raisonnable.

Paul se relâcha un peu.

— Tu as raison... mais depuis quelques jours, ça me tape sur le système. Je veux savoir ! Ce n'est peut-être pas très rationnel, je le concède, mais... je veux savoir et je le saurai !

— Sacré Paul, après toutes ces années, je retrouve le garçon passionné, bouillonnant, excessif même ! Et la sagesse de l'âge, alors ? Le repos contemplatif, le plaisir de la lenteur, la volupté de l'ennui...

— Je croirais entendre Suzanne, ma femme...

— La voix de la sagesse. Tu sais, pour ma part, je me suis lancée depuis quelques mois dans la lecture de Proust. Je n'avais jamais rien compris à cet homme-là, à cette longue phrase à essouffler un asthmatique, à cette philosophie du temps qui passe et à présent, je me délecte de cette lecture. Je lis tout ce qui le concerne, je vais à des conférences sur son œuvre et je suis même allée visiter sa maison à Illiers-Combray...

— En somme, tu es à la recherche du temps perdu ?

— Peut-être, murmura-t-elle, énigmatique. Et toi ? De quoi es-tu à la recherche au juste ? Parce que tu ne m'as toujours pas dit la raison exacte de ta venue ici. Je veux bien avoir la faiblesse de croire que la nostalgie t'a poussé à revoir une vieille copine, mais je suppose qu'il y a autre chose.

Paul faillit répondre qu'il voulait avancer vers les autres pour mieux se connaître lui-même, mais il craignit de faire pompeux. Il y avait de ça, mais il n'arrivait pas à mettre des mots simples et justes sur ce qu'il ressentait exactement. C'étaient des sentiments mêlés. D'abord, en découvrant cette simple photo de classe, il avait eu une bouffée de nostalgie et le désir de retrouver la bande, de savoir ce qu'ils avaient fait de leur vie...

— Un peu comme tu faisais avec les artistes dans ton émission.

Oui, mais sa femme, Suzanne, n'avait pas trouvé l'idée si exaltante que ça et elle avait jeté un peu d'eau sur les braises de son enthousiasme.

— Ah, ces femmes, ironisa Agnès, toujours un frein aux idéaux masculins!

Saran ignora la boutade.

— C'était avant que je retourne la photo et que je découvre cette phrase qui a doublement titillé ma curiosité… Maintenant, je veux savoir à qui Emma s'adressait! En qui avait-elle suffisamment confiance pour le mettre dans une telle confidence?

— Je crois pouvoir te dire sans me tromper qu'il ne s'agit pas de mon frère. En tout cas, il n'en a jamais fait allusion devant moi.

— Pourquoi l'aurait-il fait?

— C'est vrai… Le mieux serait de lui demander directement. C'était un peu ton idée, non?

Saran l'avoua.

— Quand on s'est revu il y a…

— Vingt ans! C'était aux remises de Légion d'honneur, rue de Solférino.

— Exact. À l'époque, je crois me souvenir qu'il était en Espagne. C'est toujours d'actualité?

— Oh là, oui… L'Espagne, pour Vincent, c'est toute une vie. Et elle n'a pas toujours été simple pour lui, cette vie.

— À ce point-là?

Agnès sembla hésiter un instant, puis elle se leva et se rendit devant la grande bibliothèque qui tapissait le mur du fond. Elle en sortit un petit livre qu'elle tendit à Paul.

C'était une couverture sobre d'un bleu tendre.
— Peut-être que cela pourrait t'intéresser ?
Paul s'arrêta un instant sur le titre…

# 10

# Mes châteaux en Espagne

## *Récit de Vincent Bonneterre*

*Dans la famille Bonneterre, nous étions quatre enfants, trois filles et un garçon. Ma mère était partie trop tôt, emportée par un cancer lymphatique, et elle nous avait laissés sur les épaules un peu fragiles de notre père, totalement dépassé. Il s'appelait Jacques et il était propriétaire d'une petite entreprise de plomberie qu'il faisait tourner difficilement. Il avait laissé l'intendance du foyer à mes trois sœurs qui avaient dû, très jeunes, se confronter aux vicissitudes de l'existence. De cette fratrie unie, j'étais le plus jeune, le plus blessé, peut-être, le plus couvé, sûrement. Mes sœurs avaient pallié l'absence de ma mère et au lieu d'un cœur protecteur, j'en avais récolté trois. Avais-je souffert de la maigre présence d'un père débordé ? Avais-je nourri une sensibilité extrême auprès de ces trois jeunes femmes qui m'avaient entouré des attentions les plus touchantes ? Je ne sais pas… Toujours est-il que, dès les aurores de l'adolescence, je m'étais senti différent, rempli de contradictions. J'aimais la présence des femmes, leurs occupations, leurs préoccupations et c'était toujours avec un sentiment coupable que je baissais les yeux quand elles invitaient leurs petits copains à la maison.*

*[...]*

*Dans les premiers temps, j'ai tenté d'étouffer ces sentiments troubles qui m'envahissaient en me jetant corps et âme dans la lecture des poètes et des écrivains. Ce fut parmi eux que je trouvai, si ce n'est le réconfort, un certain nombre de réponses à mes sentiments. À dix-sept ans, la lecture de Marcel Proust me bouleversa, m'offrant de nouvelles perspectives de réflexion. Je m'absorbai dans les lectures de Jean Genet, essayant de percer le secret de mes émois difficiles, m'acoquinai avec les frasques d'Oscar Wilde, m'émancipai avec l'humour de Jean Cocteau et m'acceptai avec le romanesque de Michel Tournier. Je m'essayai moi-même à l'écriture, me risquant à des petits recueils de poésie où l'abstrait me permettait de dissimuler mes agacements, parfois ma colère; je tentai également l'élaboration de quelques nouvelles sans véritable talent. Mes fantasmes couchés sur le papier m'avaient au moins éloigné de l'ambition d'écrire.*

*Aujourd'hui, c'est différent. Ce n'est pas le goût de la littérature qui me pousse à reprendre la plume, mais celui d'une catharsis nécessaire. J'ai besoin de raconter, de me raconter.*

*Hier, Augustín est mort!*

*Un morceau de moi-même s'en est allé avec lui et je ne sais pas si les bouts qui restent feront de moi encore quelque chose, encore quelqu'un. La douleur est vive, comme une lame rougie trempée au cœur.*

*[...]*

*Je dois avouer que mes années de lycée ne furent pas malheureuses. Je n'ai souvenir d'aucune brimade, d'aucun rejet, nulle impression d'avoir été traité différemment malgré des manières que je trouvais peu masculines. Nous étions une bande d'amis, six ou sept, qui aimaient se retrouver au café pour discuter, écouter de la musique, jouer au flipper ou faire du sport... La drague, ça, c'était une autre paire de manches.*

*Bien que je fusse assez cultivé du fait de mes lectures abondantes, je restai élève de la moyenne. Un esprit ouvert, curieux, mais finalement peu enclin aux études. Il y avait dans celles-ci une forme de conformisme dans lequel je ne me retrouvais pas. J'obtins toutefois mon bac et m'orientai vers des études de lettres à la Sorbonne. Mauvais aiguillage. Je ne retrouvais pas dans l'étude des grands textes le bonheur de l'évasion et la folle liberté qu'apportait la lecture. Je lâchai l'affaire pour m'orienter vers la restauration.*

*Il faut dire qu'Augustín n'était pas étranger à cette décision. Enfin, pas complètement étranger, mais Espagnol quand même.*

*C'était un bel Andalou avec des yeux de chat, des boucles brunes et un sourire irrésistible. Pour payer son école de pâtisserie, il travaillait comme serveur dans une brasserie où j'avais mes habitudes pendant ma première année à la Sorbonne. À ce moment-là, j'avais perdu de vue les copains de la bande et pour la première fois depuis longtemps, je me sentais très seul. Je compris très vite dans son regard qu'il était seul aussi... Et que nous aurions pu être seuls à deux. Une fois les choses admises et consommées, le Paris gastronome allait voir ce qu'il allait voir. J'entamai alors un CAP dans la restauration.*

*Hier, Augustín est mort!*

*[...]*

*Très vite, nous sûmes ce que nous ferions de nos talents respectifs. Nos diplômes en poche, nous mîmes nos économies dans un petit salon de thé que nous ouvrîmes près de la Butte-aux-Cailles. Un véritable petit cocon gustatif qui fleurait bon l'Espagne jusqu'à la place d'Italie. Notre salon,* Aux délices de Grenade, *ne servait que des plaisirs sucrés andalous où le miel, l'anis, la cannelle, l'huile d'olive, l'orange, le citron et la pâte d'amande étaient à l'honneur: les piononos de Grenade, les polvorones de Cadix, le turrolate de Cordoue, le gâteau des carmélites de Séville, les beignets de vent, les os de saint, les montecados, et toutes sortes de pâtisseries rayonnantes... Nous mettions le soleil dans les palais parisiens.*

*Hier, Augustín est mort!*

*Bien que nous vivions à visage découvert avec une boutique ayant pignon sur rue, nos amours restaient clandestines. Les temps restaient austères pour les couples homosexuels et à de nombreux égards nous devions rester couverts... Nous ne le savions pas encore suffisamment à la veille du 10 mai 1981.*

*Nous avions, comme beaucoup, espéré des lendemains enchanteurs avec l'élection de François Mitterrand. Le socialisme à la rose avait libéré les radios libres, aboli la peine de mort, mis la retraite à 60 ans, ouvert des perspectives nouvelles pour les artistes, prévu un programme social idyllique, laissant enfin augurer un monde plus juste... Bien sûr, il y avait beaucoup de symbolique dans tout cela, mais l'espoir ou le goût de l'espoir n'avait pas de prix.*

*Puis, cette date de juillet 1982 où l'Assemblée nationale abrogeait définitivement un article du Code pénal qui aggravait les peines en cas d'« attentat à la pudeur sur mineur » s'ils étaient commis sur une personne de même sexe. Certes, cela touchait un délit, mais cela ouvrait une voie, disons une brèche... Enfin, on dépénalisait l'homosexualité en France. Merci, Robert Badinter.*

*Nous avions sablé le champagne ce jour-là.*

*Hier, Augustín est mort!*

*[...]*

*Les avancées sociales étaient-elles allées trop vite ? La morale de nos parents avait-elle été trop violemment bousculée ? Qui, quelque part, avait décidé qu'à tout bonheur succédait un malheur ? Oui, l'avenir faisait peur et la société hédoniste que l'on fabriquait pour profiter de l'instant présent n'était pourtant pas condamnable… enfin, je ne crois pas. Nous voulions nous amuser, profiter, vivre, aimer et nous affranchir du poids des valeurs traditionnelles. Nous ne voulions pas gêner, ni provoquer, ni blesser quiconque…*

*Alors pourquoi le fléau s'était-il abattu sur nous avec autant de cruauté ? autant de violence ?*

*Klaus Nomi, le chanteur allemand, fut la première victime célèbre du sida à l'été 83… Une maladie, apprenait-on, qui touchait les « communautés marginales », bref, le « cancer gay » ! À peine les fiertés s'épanouissaient-elles que l'amour devenait presque un crime. Une fois les premiers cas révélés, l'épidémie s'amplifia et la peur s'infiltra comme une eau pernicieuse. Nos soirées entre amis s'effilochèrent peu à peu et nous guettions le mal partout. Même à la boutique, pour les clients qui savaient quelle était notre orientation, les regards se faisaient plus suspicieux, les visites plus rapides, les conversations moins spontanées. Les théories les plus folles couraient sur la transmission du virus et nous connûmes alors professionnellement une traversée du désert. Nous perdîmes quelques amis, frappés par la maladie. Les ravages étaient terribles, les conséquences du mal, cauchemardesques.*

*Nous décidâmes alors de quitter Paris et de partir nous installer en Espagne. Augustín était originaire d'une petite bourgade de la Mancha, Alcala de Henarès, celle-là même qui vit la naissance de Cervantès, l'auteur de* Don Quichotte. *Le clin d'œil ne pouvait que séduire le lecteur passionné que j'étais resté.*

*Nous partîmes avec la bénédiction de nos amis et des souvenirs merveilleux de nos débuts dans la capitale qui avait permis notre amour coupable.*

*Hélas, nous n'emportâmes pas que cela…*

*Hier, Augustín est mort !*

*[…]*

*

# 11

# Elle ne doit pas savoir…

*La première de* Droit dans les yeux *avait eu lieu en janvier 1985 en présence d'Alain Delon. Je ne remercierai jamais assez le félin du cinéma français de m'avoir fait confiance pour une émission qui pouvait avoir, pour une célébrité, tous les accents d'une mise en danger. Delon avait répondu présent et le concept avait connu le succès qu'on connaît. Dans les mois qui suivirent, peu de stars d'alors refusèrent de se mettre sous le feu nourri des questions des téléspectateurs. Jean-Paul Belmondo et Charles Aznavour furent peut-être mes deux regrets.*

*Mais l'émission arriverait bientôt à son terme parce que c'était une règle d'or que je m'étais imposée tout au long de ma carrière : toujours se renouveler et apporter de nouveaux concepts. Avec mon équipe, il ne nous restait que quelques émissions à réaliser et le grand manquant de cette fin d'année 1985, c'était Thierry Le Luron, un des artistes les plus populaires du moment. Il avait récemment fait la une des journaux en organisant son faux mariage avec Coluche « pour le meilleur et pour le rire ». Ce happening était en réalité une petite vengeance médiatique à l'égard du journaliste Yves Mourousi, avec lequel Coluche entretenait des relations tendues. Ce dernier venait lui-même d'épouser une jeune femme, Véronique, mais personne dans le milieu n'était dupe de ce pare-feu. Mourousi était connu pour faire les nuits chaudes du gay Paris et son amour soudain pour la gent féminine laissait libre cours aux rumeurs les plus folles.*

*Mais cet événement, certes cynique, montrait toute la liberté de ton que pouvaient se permettre d'avoir les artistes de cette époque. Thierry était un être délicieux, d'une intelligence hors norme, d'un courage inouï, qui faisait souvent frémir l'« establishment ». Ses cibles politiques, de quelque bord qu'elles soient, tremblaient parfois de ses saillies vachardes. Après qu'il fut passé dans une de mes émissions, pour un 31 décembre, où il avait brocardé certains hauts vaniteux, quelques coupes stratégiques avaient été faites au montage par la direction de TF1. Sabordage artistique qui avait été suivi d'un redressement fiscal. Furieux, Thierry s'était fendu d'une lettre à François Mitterrand :*

*« J'espère que pour le Nouvel An, vous avez donné ses étrennes à Hervé Bourges*[1]*, ça se fait pour les domestiques. »*

*Un tel artiste, à la parole piquante, était une recrue de choix pour mon émission. J'entendais déjà le standard crépiter d'appels. La France entière voudrait connaître les secrets enfouis de ce jeune prodige à qui tout réussissait.*

*Thierry était plus qu'un solitaire, c'était un homme seul. Il avait ses démons qu'il tentait de dissimuler derrière une vie exubérante, extravertie, une vie qui masquait ses fêlures.*

*Depuis quelque temps, il logeait au* Crillon, *le fastueux hôtel de la Concorde. Il y occupait une suite spacieuse en attendant que son nouvel appartement de la rue du Cherche-Midi soit entièrement décoré.*

---

1. Alors président de TF1.

*Il ne le verrait jamais !*

*Il était assez tôt le matin. Nous étions tous les deux face à face avec nos sourires, à la table du restaurant du* Crillon. *Un petit déjeuner qui s'était merveilleusement déroulé entre légèreté et professionnalisme. Thierry avait cette faculté désarmante de rebondir sur tous les problèmes avec humour et désinvolture. Je le trouvais fatigué, mais jamais je n'aurais imaginé que cette étoile filante allait s'éteindre quelques mois plus tard. Nous avions déjà fait deux ou trois plateaux ensemble, mais jamais autour de lui, seul.* Droit dans les yeux *allait enfin le permettre et il en était tout excité. Il aimait le principe de l'émission, et son franc-parler, son sens de la réplique légendaire en faisaient un « client » idéal. Nous nous mîmes d'accord sur une date, nous nous serrâmes la main en guise de parole donnée et nous nous séparâmes.*

*Je récupérai ma voiture auprès du voiturier et m'apprêtai à repartir quand je vis dans mon rétroviseur la silhouette gesticulante de Thierry qui essayait de me rattraper. Je m'arrêtai.*

*Il posa une main sur la voiture. Plié en deux, il essayait de reprendre son souffle.*

*— Je suis désolé, Paul…*

*— Un problème ?*

*— Oui… je… en fait… je ne vais pas pouvoir faire ton émission.*

*— Quoi ?!*

*J'étais abasourdi. Il venait d'accepter ma proposition moins de dix minutes plus tôt. Je connaissais Le Luron et je savais que c'était un homme intègre, pas du genre à renier sa parole. Que se passait-il ?*

*Il me regardait de ses grands yeux noirs, devenus sombres.*

*— C'est au sujet de ma mère…*

— *Quoi, ta mère ?*

— *J'ai réfléchi, c'est trop risqué. Y a un sujet qui ne doit pas être abordé…*

— *Mais tu as le droit à deux jokers, Thierry.*

— *Le problème n'est pas la réponse, je peux mentir. Le problème, c'est la question. Ma mère regardera et…*

— *Je ne comprends pas… Quel rapport avec ta mère ?*

— *Je ne veux pas qu'elle apprenne par la télé que je suis homosexuel !*

*Je me souviens de son regard perdu comme si c'était hier… Après trente-sept années, je revois encore ce regard d'enfant blessé. L'homme qui faisait rire la France entière et vaciller les vanités des hommes politiques, voulait cacher le secret de sa vie à sa propre mère. À ce moment-là, j'eus l'impression gauloise que le ciel me tombait sur la tête. Bien sûr, pas parce que Thierry déclinait ma proposition d'émission, mais parce que je venais de réaliser en une seconde la souffrance de cet homme égaré au sommet de sa notoriété, une souffrance que des milliers d'individus devaient partager. Eus-je un mot de réconfort ? Sans doute, je ne sais plus. C'était comme un uppercut au foie. Je le laissai là, place de la Concorde… Dernière image dans mon rétroviseur de cette frêle silhouette totalement démunie.*

*Quelque temps plus tard, j'appris sa disparition dans la surprise générale. Il était mort dans sa chambre du* Crillon.

*Il faudra encore attendre des années pour que son cancer généralisé devienne le sida.*

*Hier, Thierry Le Luron est mort !*

# 12

# Sous le soleil de Séville

*Paris – Aujourd'hui.*

Paul avait dévoré ce petit livre qui ne cachait rien de Vincent Bonneterre, mais qui était plein de pudeur, cependant. Quel témoignage ! Il essaya de se remémorer les moments passés avec lui pendant leur jeunesse, mais à aucun moment les tourments intérieurs de son ami ne lui étaient apparus. Jamais il n'avait soupçonné son penchant pour les garçons. Il faut dire que l'époque n'était pas à ce genre de confidences. La lecture du livre, plus encore, avait donné à Paul l'envie de le revoir.

Depuis quelques années, Vincent avait refait sa vie à Séville, dans le sud de l'Andalousie, s'était marié avec Miguel, un décorateur d'intérieur de quinze ans son cadet, et avait retapé un vieux castelet espagnol pour en faire un petit hôtel de charme, selon les dires d'Agnès.

Paul était sûr que son idée séduirait Suzanne. L'ex-secrétaire d'État à la Culture avait téléphoné à son frère pour réserver une chambre dans son hôtel sans lui dire qui en serait l'hôte.

— Il sera enchanté de te revoir… il a toujours gardé un petit œil sur ta carrière.

L'idée de « débarquer » par surprise plaisait bien à Paul et ce serait un excellent prétexte pour se replonger dans les délices andalous. Hors saison, l'Espagne historique était un joyau. Et petite cerise sur ce gâteau qui n'était pas qu'espagnol, Agnès avait confié à Paul qu'elle savait où retrouver François Contini. Médecin à la retraite, il vivait à Rome dans le Trastevere. Il l'avait contactée une dizaine d'années plus tôt quand elle était encore aux affaires. Elle lui retrouverait son adresse exacte.

Les choses prenaient tournure. Cette quête aux souvenirs, aux vieux amis, à l'enfance, enchantait Paul de plus en plus. Il avait l'impression de vivre une aventure romanesque, presque irréelle. Cette photo, c'était son « Grand Meaulnes » à l'envers… Ce n'était pas le passage de l'adolescence vers le monde adulte, du rêve vers la réalité, mais le besoin de retour vers l'insouciance et la légèreté, l'envie de sentir, de ressentir des impressions oubliées.

Un destin pouvait se jouer en une rencontre, basculer ou s'envoler.

— Tu ne trouves pas que ta vie a été suffisamment un roman, Paul ? Tu penses vraiment qu'il manque des chapitres ?

Suzanne regardait le feu de cheminée qui crépitait dans le salon parisien des Saran, la fameuse photo de classe posée sur ses genoux. Paul venait de lui faire le récit de ses dernières rencontres. Il était excité, exalté, comme un enfant qui va partir en voyage.

— Tu n'as pas envie d'un petit périple andalou ?

— La question n'est pas là, tu le sais bien.

Paul vint s'interposer entre sa femme et l'âtre.

— En fait, Suzanne, je ne comprends pas tes réticences. Ça ne t'emballe pas de reprendre un peu la route, de repartir, comme autrefois ? Je ne fais que ce que nous avons toujours fait, non ? Je t'assure que je retrouve cette petite touche d'adrénaline que nous avions quand on s'embarquait sur des projets sans savoir si nous serions capables d'aller au bout. Bien sûr, il y a le risque de tomber sur des vieilles branches cassantes comme Charolles, mais ce petit ouvrage écrit par Vincent Bonneterre m'a terriblement ému.

Elle sourit, sachant qu'elle n'empêcherait pas son mari de foncer.

— D'autant plus, continua Saran, qu'on va voyager et en profiter pour prendre du temps pour nous, comme prévu. Le véritable souci, c'est de les retrouver tous…

Suzanne, bien sûr, comprenait l'excitation de Paul, son envie de chercher, de savoir, bien qu'elle ne pût s'empêcher de garder son rôle d'ange gardien. Mais au fond, elle aussi ressentait l'excitation du mystère.

— Et si tu mettais Jérôme sur le coup ?

Paul sourit. C'était l'idée qu'il attendait. Une idée formidable. Jérôme, le compagnon de toujours, qui était à l'homme ce que le couteau suisse est au couteau. Un monsieur « la débrouille ». Avec lui, rien n'avait jamais été impossible. Il reniflait, dénichait, ne lâchait jamais une piste. Pendant vingt-deux années, il avait accompagné Paul dans ses productions. Un collaborateur fidèle et efficace. Avec lui, aucune inquiétude à avoir, il retrouvait les têtes manquantes de la photo-mystère.

*

*Carmona près de Séville – Aujourd'hui.*

— Terre riche pleine de contrastes et d'histoire, baignée sous un soleil de feu, l'Andalousie fut le berceau des cultures, romaines, wisigothes, musulmanes et chrétiennes… Toutes furent attirées par la fertilité de ses terres et la richesse de ses décors naturels. Cela explique le nombre incroyable de constructions de tout genre, de tout style, qui jalonnent le pays. Pas une vallée sans un couvent, une montagne sans monastère, une colline sans un château… Cela explique aussi le formidable engouement des touristes pour cette péninsule européenne. Mais paradoxe étonnant, au début du XX<sup>e</sup> siècle, il n'existait aucune chaîne hôtelière propre à recevoir les voyageurs. C'est alors que le gouvernement eut l'idée de réhabiliter les édifices historiques d'une grande valeur architecturale laissés plus ou moins à l'abandon, et en 1928 le roi Alphonse XIII a inauguré le premier parador d'Espagne dans la sierra de Gredos, près d'Avila, le décor de *Pour qui sonne le glas*, d'Hemingway !

— Ah, la note littéraire, je reconnais bien là l'amateur de bouquin que j'ai connu… Vincent Bonneterre, la tête toujours fourrée dans un livre. Tu es un véritable guide, dis voir… Mais ta sœur m'avait parlé d'une petite pension de famille…

Paul Saran fit un geste ample pour embrasser l'ampleur du décor.

Paul et Suzanne étaient arrivés à Séville en début d'après-midi et avaient loué une voiture pour gagner Carmona où se trouvait le parador que géraient Vincent et Miguel. La petite pension de famille décrite par Agnès faisait partie des cent plus luxueux hôtels d'Espagne.

— Nous sommes ici dans l'ancien palais mudéjar de Pierre I<sup>er</sup> de Castille, qui avait été bâti sur les ruines d'une citadelle musulmane. On est au cœur de l'histoire de l'Espagne. Trinquons à nos retrouvailles !

Elles avaient été émouvantes, presque épiques !

Exubérant, expansif, si loin de l'image que Paul avait gardée du garçon réservé, Vincent s'était jeté dans les bras de son vieux copain et avait observé de longues secondes silencieuses comme s'il avait toujours attendu ce moment.

Paul s'était senti un peu chaviré, étonné d'un tel accueil. Vincent faisait partie de la bande, bien sûr, c'était un bon camarade, évidemment, mais il avait toujours été un peu en retrait par rapport aux autres… Plus discret, presque taiseux. Mais il y avait près de soixante ans et le torrent de la vie avait eu le temps de charrier son lot d'expériences.

La terrasse était exposée plein ouest. Les verres se levèrent sous l'éclat d'un soleil d'hiver couchant qui rendait les murailles mordorées. Bâti sur une éminence, l'hôtel offrait une vue à couper le souffle sur des terres fertiles en damiers jaune et vert.

— Votre chambre vous plaît, j'espère ?

— C'est une splendeur ! s'émerveilla Suzanne, on se croirait revenus au temps des grands d'Espagne.

— Tant mieux, sourit Vincent, sans savoir que c'était vous, je vous ai mis une des plus belles… Hors saison, nous gâtons nos hôtes.

Il s'attarda encore un instant sur Saran.

— Mais quel bonheur de te voir, Paul ! Si je m'attendais à une chose pareille… Cette cachottière d'Agnès s'est bien gardée de me dire que c'était toi.

Il s'approcha, lui prit les deux mains et le regarda attentivement, le regard clair et sincère.

— C'est très étrange pour moi de te revoir.

— Pourquoi ça?

— Parce que je ne sais pas si je revois le vieux camarade de la 3e B ou le Paul Saran célèbre qui côtoie le grand monde. L'homme des émissions phares, celui qu'on voyait sur toutes les couvertures de magazines… Je t'assure que c'est une sensation très étrange. Et en même temps, je visualise très bien le petit pavillon de tes parents, la remise de ton père et ta mère dans la cuisine. Elle était gentille ta mère, douce, souriante… et elle avait toujours un mot gentil pour moi. Ça me changeait… Tu te souviens de mon père?

— Le militaire? Tu parles si je m'en souviens… Surtout la fois où il m'avait fichu une de ces frousses.

— *Si señor*, mais à moi il ne m'avait pas fichu que la frousse.

Paul faisait référence à une scène qui l'avait un peu heurté à l'époque. Les deux amis étaient chez Vincent, cela devait être un jeudi après-midi – à l'époque, c'était le jour de liberté – et contre toute forme de prudence, ils avaient pénétré le saint des saints: la chambre des parents où le lieutenant-colonel Bonneterre avait sa garde-robe militaire. Une pleine armoire des uniformes qui avaient jalonné sa carrière. Tout y était, treillis, rangers, bérets, képi, gants d'officiers, tenues d'apparat… C'était un temps où les garçons avaient encore le droit de rêver aux vertus de l'uniforme et de magnifier les actes guerriers. Ni une ni deux, les compères s'étaient déshabillés et avaient rapidement enfilé les costumes pour jouer aux petits soldats grandeur nature. Emportés par l'imagination de la jeunesse, ils n'avaient pas entendu la porte s'ouvrir derrière eux.

— Lieutenant Clermont, vous me ferez quatre jours !

— J'ai agi pour le bien de mes hommes, colonel !

— Vous avez désobéi aux ordres ! Estimez-vous heureux de ne pas passer en cour martiale !

— Je...

Les paroles de Paul s'étaient étranglées dans sa gorge. Le regard fixe. Vincent s'était retourné pour voir son père, grand gaillard à la forte mâchoire glabre, debout sous le chambranle de la porte. Il avait les lèvres serrées et le regard noir. Un regard qui disait clairement combien était grand le crime de lèse-majesté !

Paul se souvenait des yeux sombres chargés d'incompréhension de ce père militaire aux exigences rigoristes. Toute l'insouciance que l'on peut excuser chez de jeunes garçons ne lui était pas apparue.

Ils s'étaient changés à toute vitesse et Paul avait quitté le « quartier général », abandonnant son copain aux foudres du lieutenant-colonel Bonneterre. Les deux amis n'en avaient jamais reparlé.

— Je n'avais pas bien compris la réaction de ton père, relança Paul. Deux garçons qui se déguisent en militaire, ça aurait dû lui plaire.

Vincent jeta un regard furtif vers Miguel, un Espagnol à la pose d'hidalgo qui rappelait un peu le physique de Julio Iglesias. Il tentait d'initier Suzanne aux délices de la langue espagnole.

— Je me suis pris une belle rouste après ton départ. Ce n'était pas contre toi. Il s'est « défoulé » sur moi parce que je crois qu'en réalité, il se doutait que je tournais mal… si tu vois ce que je veux dire.

— Ton homosexualité ?

— Ouaip… Je devais déjà avoir une attitude équivoque à ses yeux et tu te souviens de l'époque… Dans certaines familles, le fils pédé, ça faisait mauvais genre, alors dans une famille de militaire, c'était impensable. Il devait certainement assimiler le déguisement aux travestis de chez Michou, ou Tonton, en ce temps-là.

Paul fit tinter sa coupe de champagne sur celle de son ami.

— Je lève mon verre à ton talent !

— Lequel ? s'amusa Vincent qui se frotta les ongles sur le revers de sa veste, en mimant la fausse modestie.

— Celui de l'écrivain.

— Ah, la garce de sœur ! Elle t'a fait lire mon truc…

— Ça m'a plu, figure-toi. Sobre, émouvant, limpide.

— À la mort d'Augustín, ça m'a vraiment aidé, tu sais… Mais c'était une sorte de catharsis, rien de plus.

Paul comprenait. Il lui raconta son expérience avec Thierry Le Luron le jour où celui-ci lui avait avoué qu'il ne voulait pas que sa mère sache… Il avait compris ce jour-là la détresse que peut causer un secret trop lourd.

— En parlant de secret, rebondit Vincent, moi aussi j'ai lu ton livre. Quelle claque ! Qui aurait pu se douter à l'époque…

— À qui le dis-tu.

— Par contre, une chose m'a étonné… Pourquoi as-tu pris un alias dans le livre ?

— Je voulais que cela soit un roman… et qui dit roman, dit personnages. J'ai changé les noms et j'ai promené mon imagination au milieu de piliers de vérité. C'est finalement un secret de famille assez banal, mais je ne voulais pas qu'il ait les accents de la banalité.

— Tu t'es créé une sorte d'alias en quelque sorte.

— Exactement, une façon aussi de mettre un peu de distance avec mes parents et de justifier les zones d'ombre imaginées.

— C'est fantastique. Et tu peux demander à Miguel, j'ai versé quelques larmes. Tu sais, Paul, cette histoire elle m'a bouleversé parce que, quand j'ai resongé aux petits moments discrets passés avec ta maman, je n'aurais pu le dire à l'époque, mais je ressentais comme une certaine complicité avec elle. En fait… elle et moi, nous avions chacun un secret… et je crois qu'elle se doutait du mien.

Paul acquiesça sans répondre, ne voulant pas briser le joli silence, un peu gêné, qui suivit cette magnifique confession.

Nouvelles coupes qui s'entrechoquèrent.

Un peu plus tard, Suzanne et Paul furent invités à la table de Vincent. Miguel était aux fourneaux et faisait de temps en temps quelques apparitions pour trinquer. Le repas fut magique et andalou, drôle et triste, nostalgique, émouvant, décousu, comme des bouts de vie qu'on se remémore. Suzanne parla peu, laissant aux deux amis le soin de se redécouvrir le temps d'un dîner. Avec un léger pincement au cœur, elle avait attendu le moment où Paul se livrerait au sujet de la photo.

Il eut la délicatesse de ne pas le faire, de ne pas corrompre ce moment privilégié, pour s'adonner uniquement au plaisir de l'amitié retrouvée.

Il était tard quand Suzanne regagna seule la chambre, joyeusement enivrée des vins chauds du Sud, laissant Paul à ses confessions.

Dans la grande salle de restaurant en forme de nef, les bruits du dîner s'étaient peu à peu estompés jusqu'à se transformer en silence. La table des deux amis était dissimulée derrière un moucharabieh de bois, paravent oriental qui rappelait les origines mauresques du lieu. Vincent proposa un digestif que Paul accepta sans l'intention de le boire.

Après avoir savouré pendant quelques minutes le silence apaisant, Paul reprit le cours de sa quête.

— Je suis content que tu aies lu mon livre, parce que je dois t'avouer que je ne suis pas là tout à fait par hasard.

Vincent hocha la tête, l'œil un peu vague. Lui aussi aimait les vins andalous.

— Je sais.

Paul sursauta.

— Comment ça, tu sais ?

— Oui... Tu viens t'excuser...

— M'excuser ?

— Oui, de ne pas avoir invité les copains de la 3e B quand ton équipe t'a fait une surprise pendant ta propre émission ! Tu te souviens ? Avec tes parents... la charrette de fruits et légumes de ton père... ta fille... Devant mon poste, je me suis dit : « Quel salaud ! » Pourquoi, c'était pas nous ? La vieille bande ! Contini, Dupeyron, Ruben et puis le grand avec qui t'étais souvent fourré... J'ai un trou de mémoire...

— Charolles...

— Oui, et...

— Guillaume Dussalier.

Vincent partit dans un grand éclat de rire incontrôlé et sonore. Son admirable vin catalan lui avait un peu chauffé la tête à lui aussi.

— Tu te souviens…

— Plus que tu ne crois, Vincent. Non, je ne viens pas m'excuser… D'ailleurs, je n'y étais pour rien. C'était une surprise et je n'avais pas choisi la classe.

Bonneterre convint avec ce hochement tête caractéristique des fins de repas bien arrosés.

— C'est pourtant vrai… Mais je plaisante, je ne t'en ai jamais voulu, tu penses.

— En fait, après le succès du livre, reprit Paul, je me suis posé beaucoup de questions. Mes parents m'avaient donné une direction, une morale, un code de vie, qui consistait d'abord à se respecter soi-même pour pouvoir respecter les autres et je crois que je m'y suis conformé, mais en regard de ce qu'avait vécu ma mère, le drame d'une partie de sa vie, je me suis demandé ce que j'avais réellement appris… J'ai interviewé, côtoyé les célébrités de notre époque, j'ai beaucoup aimé, admiré, félicité, j'ai fait pousser, modestement, quelques talents, mais j'ai aussi observé la philosophie des coups fourrés, la nature des hommes souvent lâches… Je me suis demandé ce que tout cela m'avait finalement enseigné. En avais-je tiré quelque chose qui pouvait me satisfaire et me faire dire : « C'est bon, je peux refermer le livre » ? Alors j'ai voulu faire un peu de ménage dans mes souvenirs… J'avais besoin de me retrouver, d'alléger certaines choses, de remettre l'église au centre du village, comme on dit.

— Retrouver l'essentiel.

— Un peu. J'estimais qu'il était temps de passer à autre chose, et de faire un dépoussiérage. Et pour mettre au propre ce que je pensais au figuré, j'ai simplement rangé mes vieilles affaires comme quelqu'un qui déménage et qui ne veut pas s'encombrer de trop de choses pour continuer à avancer.

— Oh! Descartes sort de ce corps! plaisanta Vincent.

— Tu trouves ça idiot?

— Bien sûr que non. S'il y a bien une personne qui peut comprendre les questions existentielles, crois-moi, elle est en face de toi. Bienvenue au club.

Paul eut un petit mouvement de recul.

— Mais je me sens très bien dans ma peau, tout va pour le mieux, mais...

— ... mais tu as écrit un livre, fait des enfants... et il te reste à planter un arbre.

Paul fut surpris d'entendre cette réflexion dans la bouche de son ami. Il faisait référence à cette sentence magnifique du guitariste cubain, Compay Segundo: « Pour réussir sa vie, un homme doit faire un enfant, écrire un livre et planter un arbre. » C'était une réflexion que Paul adorait sur la transmission. Il y avait dans cette réflexion quelque chose d'absolu qui lui parlait.

— Mon ami, tu viens de me frapper au cœur... C'est exactement ça.

— Et tu es venu jusque dans le sud de l'Espagne pour savoir si c'est moi qui possède la graine de l'arbre?

— Va savoir... En faisant le tri dans mes affaires, j'ai retrouvé une photo de classe de la 3e B, une photo que ma mère avait précieusement gardée. Jusque-là, rien d'extraordinaire; mais au verso de la photo, il y a quelques mots griffonnés de la main d'Emma. Des mots qui m'intriguent... enfin, qui m'intriguent... je devrais dire qui me bouleversent.

— C'est toi qui m'intrigues... C'est quoi ces mots, au juste? Ça ne me concerne pas tout de même?

— C'est ce que j'aimerais savoir, Vincent.

Paul prononça lentement la phrase mystérieuse tout en essayant de percevoir un signe dans l'œil de son ami.

— « Ne le dis surtout pas à Paul », reprit Vincent à haute voix… Mais c'est incroyable !

— Quoi ?

— On est en quelle année sur la photo ? 66, 67 ?

— 1965. Ça te dit quelque chose ?

— Évidemment. C'était la remise des prix, pendant laquelle on nous donnait aussi la photo de classe de l'année scolaire… Et moi, j'étais assis à côté de ta mère…

— Et alors ?

— Je me rappelle qu'elle avait griffonné un mot au verso de la photo.

Paul n'en revenait pas.

— C'est à toi qu'elle écrivait ?

— Non.

— Comment peux-tu te souvenir d'un tel détail après cinquante-huit ans si ce n'est pas à toi qu'elle s'adressait ?

— Parce que, figure-toi, c'était mon anniversaire, c'était le jour de mes quatorze ans…

— Et… ?

— Et j'avais eu en cadeau un super stylo-plume que je montrais à tout le monde et ta mère me l'a demandé, même avec une certaine impatience. Tu penses bien que je voulais pas… Un stylo tout neuf, ça se prête pas ! C'est un truc à te tordre la plume ! Finalement, elle me l'a pris des mains…

— Et tu n'as pas lu ce qu'elle écrivait ?

— Ah non, mais j'étais surpris parce que ta mère, habituellement, elle était plutôt calme.

Paul se sentait fébrile.

— Et moi, j'étais où ?

— Je crois bien que tu faisais tes débuts d'animateur sur l'estrade… Tu présentais la « cérémonie ».

Paul eut soudain la gorge sèche.

— Vincent… Tu as obligatoirement vu à qui elle s'adressait…

## Chronique 64 - décembre 1985
## Daniel Balavoine

Hier, j'ai lu un papier dans le journal *Le Monde*, qui m'a paru odieux et d'une parfaite injustice. Le journaliste critiquait sans nuance une émission de Paul Saran intitulé *Droit au cœur*. Le concept était assez simple : des amis, de la famille, des voisins, devaient « dénoncer » une personne « coupable » de faire le bien autour d'elle.

Je trouve que c'est une belle idée.

Le journaliste du *Monde*, lui, la trouve saugrenue et du plus haut « démagogique ». Ces gens sont tellement habitués à colporter les maux du monde, à étaler la noirceur de l'âme humaine, colonne après colonne, que la simple idée de mettre en avant les bonnes actions leur semble « saugrenue » !

Pauvre monde !

Je connais Paul depuis l'enfance et je le suis dans son travail depuis plusieurs années maintenant… Je connais son engagement, sa bienveillance et la passion qu'il voue à son métier, et je ne crois pas que la démagogie soit un moteur qui l'anime.

Dans la dernière émission de *Droit au cœur*, Paul Saran a commencé son émission en « extérieur », mettant à l'honneur un restaurateur qui servait des repas pour les plus démunis. Paris, en ce vendredi soir, était très embouteillé et l'« animateur » a pris du retard pour rejoindre le plateau de son émission.

Pour faire patienter, Daniel Balavoine a joué les présentateurs avec l'aisance qu'on lui connaît.

Que pense donc ce monsieur du *Monde* de ce chanteur engagé ? Est-il lui aussi démagogique quand il s'en prend à François Mitterrand au sujet de « la jeunesse qui se désespère » ? Est-il un salaud quand il remet les anciens combattants à leur place ? Quand il « emmerde » tous les pouvoirs guerriers, est-ce un artiste qui fait sa promo ? Un anarchiste saugrenu, peut-être ?

Cette dernière émission de l'année de *Droit au cœur* mettait en lumière la générosité d'un couple de restaurateurs qui proposait des plats pour quelques francs afin que les plus démunis puissent manger.

Alors, quand Paul Saran, par le pouvoir de la télévision, offre à ces gens de cœur les moyens de mieux exprimer leur générosité, qu'est-ce qui vous dérange ?

Prendre du temps pour expliquer à vos lecteurs assidus combien les objectifs des animateurs-vedettes sont vils, saugrenus et démagos, comment cela s'appelle-t-il, au juste ?

Cela ne ressemblerait pas à de la démagogie par hasard ?

Pour ma part, j'encourage Paul, Paul Saran, à donner la parole au cœur et à laisser la raison… aux raisonneurs.

# 13

# Les bisons de Sainte-Eulalie

*Lozère – Aujourd'hui.*

Paul et Suzanne avaient passé quatre jours de pleine détente au cœur du parador de Vincent et Miguel. Ils avaient été reçus comme des rois et avaient fait honneur à la table de leurs hôtes. Ils avaient profité des beautés de la région qui n'était pas encore assaillie de touristes en ce début décembre, même si les rues de Séville faisaient déjà la part belle aux décorations de Noël. Malgré le plaisir que Suzanne avait pris à cette escapade impromptue, elle sentait bien que Paul était tendu, l'humeur légèrement agacée et le corps en perpétuel mouvement. Elle avait eu beau lui répéter de se détendre, de prendre les choses avec une certaine philosophie, rien n'y avait fait… Il voulait repartir aussi vite que possible, d'autant qu'un coup de fil de Jérôme, dès le lendemain de leur arrivée, avait relancé la machine…

— Paul ? J'en ai retrouvé un ! Peut-être deux.

— Qui ?

— Guillaume Dussalier

— Formidable ! Dans quel coin vit-il ?

— Tu m'avais bien dit que c'était le premier de la classe ?

— Oui, un gars incroyable ! Il savait tout sur tout… Il nous épatait tous. J'ai un très bon souvenir de lui.

— Eh bien, tu ne vas pas être déçu du voyage…

— Pourquoi ? Il est chercheur au pôle Sud ?

— Non, il semblerait qu'il dirige une petite communauté d'asociaux dans un coin paumé de Lozère. Sainte-Eulalie, ça te dit quelque chose ?

— Non.

— C'est là qu'il s'est établi depuis trente-cinq ans. Et dans le coin, on l'appelle Buffalo Bill.

— Pourquoi ?

— Je te laisse le découvrir, mon vieux ! Moi, je m'occupe de l'autre « invité mystère » et je t'appelle quand j'ai du neuf. Je t'envoie l'adresse exacte par SMS.

Du Jérôme tout craché. Une mauvaise photo, un fichier incomplet, et l'homme qui avait été de toutes les aventures pendant si longtemps réunissait les pièces de n'importe quel puzzle en deux temps trois mouvements.

Bien sûr, cette nouvelle piste en ligne de mire ajoutée aux révélations de Vincent Bonneterre concernant la photo n'avait pas été étrangère au comportement impatient de Paul.

Au lendemain de cette première soirée qui s'était terminée en tête à tête avec Vincent, Suzanne avait retrouvé un Paul en pleine effervescence, fébrile en diable, au point qu'elle s'était demandé, avec un certain soulagement, si Bonneterre n'était pas l'heureux élu de cette quête.

Déception.

Non, ce n'était pas à Vincent que l'injonction était adressée, et ce dernier ne se souvenait pas à qui Emma s'était adressée. Son voisin de droite, sans doute, mais impossible de se rappeler qui il était… Dupeyron ? Charolles ? Contini ? Non, l'image se floutait totalement.

Une seule chose était sûre : ce n'était pas Hervé Charolles !

La course restait ouverte.

Comme les retrouvailles, le départ avait été émouvant. On avait sablé une dernière bouteille de champagne, on s'était embrassés et on avait repris la route. Mais un rendez-vous avait été pris : où que la quête de Paul le mène, il avait décidé de réunir les copains de la 3e B. On laissait passer les fêtes de fin d'année et on fêterait la suivante tous ensemble à Fuveau, dans la propriété des Saran.

Suzanne n'avait pas souhaité faire partie du voyage en Lozère. Elle avait jugé que cette nouvelle rencontre avec ce Guillaume Dussalier – si elle avait lieu – ne la concernait pas et elle avait préféré se poser à Fuveau. Paul ferait le périple seul en voiture jusqu'à Sainte-Eulalie.

Un peu au-dessous de Montélimar, il venait de quitter l'autoroute A7 pour s'engager sur la D19. Pays sauvage qui allait le mener à Saint-Étienne-de-Lugdarès. Les Cévennes ardéchoises, austères et magnifiques, au gré d'une route sinueuse, faisaient défiler leurs vieux bourgs accrochés aux flancs de collinettes, leurs petits ponts de pierre, leurs chutes d'eau indomptées. Paul regrettait l'absence de Suzanne. Elle aurait apprécié la sérénité de tels paysages. Il traversa Langogne, contourna le réservoir de Naussac et fila aussi droit que le permettait la route vers les monts de la Margeride. Un nom frappé par la tragédie de l'histoire. Cette montagne aux dimensions légères parcourue de creux et de bosses, de rivières vagabondes dévalant entre les ruines de vieux moulins, fut le témoin des crimes de la bête… la bête du Gévaudan ! Mais c'était une autre histoire.

La neige surprit Paul au nord de Grandrieu. Une véritable tempête avec des bourrasques terribles au point qu'il hésita à rebrousser chemin. Le GPS indiquait 16 kilomètres jusqu'à la destination. Il continua. La route s'immacula en quelques minutes, et seuls les arbres et les bosquets servirent de boussole.

Sainte-Eulalie, village des sources de la Loire, pointa enfin son clocher dans un tourbillon de neige. Derrière lui, comme une ombre fantomatique, s'érigeait le suc de Montfol, incongruité géologique qui faisait penser au pain de sucre brésilien, en plus modeste.

La petite route bifurquait et Paul prenait soin d'aborder les virages avec prudence. Il pénétra dans le village... Il était silencieux, plutôt rude, comme sorti d'un autre temps. Étrangement, il n'y avait pas de voiture, pas de population, un village vide, presque fantôme. Il passa devant l'église. Pas plus de chat que de grenouille.

Paul ne savait pas exactement ce qu'il cherchait. En venant sans prévenir, il avait pris un risque, mais il l'assumait avec un plaisir qu'il avait du mal à se dissimuler. Il s'était jeté à l'eau sans bouée, comme il l'avait fait mille fois dans son métier. Il repensa à son coup de bluff en Pologne quand il avait voulu interviewer Lech Wałęsa. Il ressentait là ce même genre d'adrénaline.

Face à l'église se trouvait une longue maison en pierre de taille qui faisait office de mairie. Il se gara devant.

La neige tombait toujours.

Il rentra à l'abri.

Une jeune fille se tenait derrière un guichet, absorbée par son téléphone. Un classique. Elle leva des yeux vers Paul qui époussetait sa parka.

— Tiens, il neige ?

Elle se replongea sur son smartphone.

— C'est curieux, ils annoncent pas ça ! fit-elle, comme si le téléphone était porteur de plus de vérité que le réel.

La pièce était très spacieuse. Sur la gauche, un grand panneau en bois présentait tous les prospectus qui vantaient les charmes de la région et offraient des dizaines d'attractions pour les touristes.

Paul s'approcha du comptoir.

— Bonjour, mademoiselle…

Elle releva un œil sombre.

— On dit plus ça…

— On ne dit plus bonjour ? sursauta Paul, légèrement amusé.

— Non, on dit plus « mademoiselle » ! C'est rétrograde et sexiste ! Le patriarcat, c'est fini ! On n'est plus dans un monde où la femme doit afficher son statut !

Le ton était sec, péremptoire, tout à fait charmant.

— Parfait, sourit Paul, bonjour… heu…

— Je m'appelle Louane.

— Bonjour Louane, je suis Paul.

— Bonjour, monsieur, répondit sèchement la jeune fille.

Le « Que puis-je faire pour vous ? » de rigueur ne lui vint pas à l'esprit.

— J'aimerais savoir si je peux trouver un hôtel près d'ici… Vu le temps, je ne pense pas pouvoir repartir aujourd'hui.

— Vous avez l'hôtel du Nord qui se trouve à cinquante mètres… C'est un trois-étoiles tout confort.

Saran enregistra l'information. La jeune Louane était déjà repartie à la chasse aux informations sur son téléphone.

— Je cherche également quelqu'un…

Elle releva la tête, l'œil atone.

— Il s'appelle Guillaume Dussalier, cela vous dit quelque chose ?

Paul pensait que dans une ville de 215 habitants, personne ne devait être véritablement étranger.

— Connais pas...

— Vous n'avez pas un fichier de recensement que je pourrais consulter ? C'est très important.

— Je... je ne sais pas... Mais de toute façon, je ne suis pas autorisée à vous le montrer, je suppose.

Saran soupira.

Cette « non-demoiselle » commençait à l'agacer sérieusement.

— Pourriez-vous me conseiller quelqu'un qui serait autorisé à le faire ?

— Ben... monsieur le maire, je suppose.

— Très bien. Où puis-je le trouver ?

— Il travaille sur un chantier, je suppose... Il est maçon, monsieur Méjean.

Cette jeune fille supposait beaucoup, mais savait peu. Saran aurait peut-être plus de chance avec le propriétaire de l'auberge.

— L'hôtel est ouvert ?

— Je suppose.

Paul n'insista pas et, bravant les bourrasques enneigées, gagna l'établissement qui se trouvait effectivement à quelques mètres de la mairie.

Il s'agissait d'un hôtel sans luxe apparent, mais qui semblait confortable. Derrière la petite réception en boiserie se tenait une femme aux dimensions généreuses et aux cheveux courts blond platine. Lorsque Paul se présenta devant elle, elle fut prise d'un rire fou à faire vibrer le service en cristal.

— Mais vous êtes Paul Saran !

Elle était d'une génération qui expliquait son emballement. Elle fit le tour de son comptoir, déplaçant sa morphologie avec l'étonnante légèreté d'un petit rat de l'opéra. Elle tendit une main potelée que Paul serra.

— Monsieur Saran, quelle surprise ! Et quel plaisir de vous voir chez moi... Ça me fait tout drôle de vous voir en vrai. Vous savez qu'à une époque, je ne ratais aucune de vos émissions.

— Merci...

— Mais on ne vous voit plus. Quel dommage ! Quand on voit tous ces types aujourd'hui à la télé, débraillés, vulgaires, arrogants... On se dit, quel monde ! Avouez que de not' temps, c'était autre chose. On savait rigoler ! On savait rêver ! Maintenant, c'est voyeur et compagnie ! Oh ! Attendez... Bougez pas.

Elle s'éclipsa d'un coup dans la pièce d'à côté pour revenir quelques secondes plus tard, en brandissant son trophée dans la main.

Un livre.

— Je l'ai ! Et je l'ai lu ! Mais quelle histoire, dites donc ! Votre maman, elle a vraiment vécu tout ça ?

— Eh oui.

— Incroyable. C'est très émouvant... Je ne vous cache pas que j'ai versé ma petite larme. Ça a dû vous ficher un sacré coup quand vous avez appris tout ça ?

Saran sourit, un peu gêné. Il n'avait pas très envie d'entamer une conversation sur le livre.

— Voulez-vous que je vous le dédicace, chère madame ?

— Mademoiselle, minauda-t-elle.

*Tous les midis ne sonnaient pas à la même porte*, songea Saran, en sortant un stylo pour s'affranchir d'une belle signature sur le livre de Marlène.

— Mais qu'est-ce qui vous amène par chez nous, monsieur Saran ?

— Je cherche un homme.

— Moi aussi, dit-elle, pensive.

Paul ne voulut pas s'étendre sur les états d'âme de Marlène.

— Le mien s'appelle Guillaume Dussalier.

Elle répéta le nom à haute voix.

— Non, ça ne me dit rien. C'est un gars de la région ?

— Pas d'origine, mais je pense qu'il est ici depuis assez longtemps. Je crois qu'il s'occupe d'une communauté de jeunes en difficulté…

— La ferme de la Margeride ?

— Peut-être.

— Dans ce cas-là, il faut demander à Buffalo Bill.

Saran sursauta.

— Oui, c'est ça ! Guillaume Dussalier, c'est Buffalo Bill. Vous le connaissez ?

— Ben… Ici, tout le monde le connaît plus ou moins, mais… de là à le fréquenter… C'est un de vos amis ?

Paul ne vit pas de raison de cacher la vérité.

— C'est un copain d'école. On ne s'est pas vus depuis cinquante-cinq ans !

— Oh là !

Elle fit un geste de la main comme si elle agitait une sonnette.

— Vous n'allez pas le reconnaître.

— Pourquoi l'appelle-t-on Buffalo Bill ?

— Parce qu'il vit avec des bisons, je crois. C'est un drôle de gars. Je ne vous cache pas, m'sieur Saran, que par ici on parle souvent de la ferme du fou !

Après avoir écarté les politesses d'usage et une invitation à dîner, Saran avait pris une chambre à l'*Hôtel du Nord*, puis il s'était rendu à trois kilomètres du centre-ville, à la ferme de la Margeride. Il avait traversé une longue plaine vallonnée, blanche et déserte, pour parvenir à quelques centaines de mètres de la réserve de bisons, au lieu-dit du Grand-Leu. Au sommet d'une éminence légère se trouvait une longue bâtisse cernée de bois touffus. Au pied du sentier, une pancarte en bois indiquait : *Verlaine de bison.*

Étrange.

Saran gara sa voiture sur un petit terre-plein. Elle ne pourrait pas gravir le chemin enneigé. Le mieux était de s'y rendre à pied. Il n'y avait pas un bruit, que les crissements de ses chaussures sur la neige. Quelle idée de s'enterrer dans un trou pareil ! Y avait-il seulement quelqu'un dans cette longère de pierre posée comme un gros animal endormi ? Oui, la cheminée fumait. Volutes réconfortantes dans ce monde sans vie apparente.

Comment allait-il retrouver le petit Guillaume, ce gars toujours de bonne humeur qui caracolait au sommet de la classe avec ses 18 de moyenne et qui était toujours prêt à aider les plus démunis scolairement parlant. Il nous épatait tous avec son érudition encyclopédique… À croire qu'il apprenait par cœur l'*Encyclopædia Universalis* quand il rentrait chez lui. Paul crut se souvenir qu'il avait obtenu son bac avec une mention très bien. Quel type de vie pouvait-il avoir eu pour partir comme une étoile filante et venir s'écraser dans une fermette délabrée de l'Ardèche, avec pour surnom Buffalo Bill ? En y songeant, Paul se dit que c'était ce mystère-là qui le fascinait et qui, peut-être, l'avait réellement poussé à engager cette quête à l'amitié d'antan. Comment lisait-il sa propre vie à la lumière de celle de ses copains ? Y avait-il une voie tracée ? Était-ce uniquement la chance ? La persévérance ?

Un peu tout ça ? Aurait-il pu, lui, Paul Saran, être à la place de Guillaume Dussalier ? Quel choix avait-il fait ou n'avait-il pas fait ?

Il sortit de sa réflexion en apercevant une silhouette qui bougeait derrière une fenêtre... La porte d'entrée s'ouvrit presque aussitôt. Un homme imposant apparut dans l'encadrement de la porte.

Paul s'arrêta à une vingtaine de mètres.

— Bonjour ! lança-t-il.

— Salut.

Une voix bourrue. L'homme massif avait une immense barbe blanche et le cheveu rare tiré en arrière.

— Je cherche Guillaume Dussalier ! lança Saran.

La silhouette fut secouée d'un grand rire franc.

— Dussalier ? Ça fait bien longtemps qu'on ne l'appelle plus comme ça, cette vieille bête.

L'homme s'avança en souriant.

— Ici, on l'appelle Buffalo Bill !

Il tendit une main amicale.

— Qu'est-ce que tu fais par ici, l'ami ?

Paul n'en revenait pas. Dans son souvenir, Dussalier était un petit gabarit, presque chétif... Pas cette armoire à glace qui ferait de l'ombre à un bûcheron canadien. Qu'avait de commun cet homme des bois hirsute avec le petit Guillaume qui faisait l'admiration des copains par son érudition incroyable ? Son œil bienveillant, peut-être, et ce sourire franc.

Saran enleva son bonnet et secoua sa chevelure grise.

Dussalier tiqua un instant.

— On se connaît ?

— Paul Saran.

Le visage de Buffalo Bill s'éclaira de nouveau.

— Saran ! Bien sûr ! La 3e B de Bagneux, le collège Jules-Ferry ! Le bar de la mairie ! Ça alors ! Ton père était marchand de quatre saisons et ta mère avait un accent italien !

Paul resta scotché. Comment pouvait-il se souvenir de pareils détails ? Jérôme l'aurait-il prévenu de sa visite sans le lui dire ?

— Hypermnésie, mon vieux. Une pathologie qui a ses petits inconvénients, crois-moi !

— C'est stupéfiant !

— Ah, ça peut paraître génial, mais c'est pas toujours le cas… D'abord, c'est épuisant et ça fait se souvenir de trucs qu'on aimerait parfois zapper.

Sourire et clin d'œil.

— Mais j'ai pas oublié que t'avais fait un peu de télé à une époque. Je t'offre un café ? Tu vas me raconter ce que tu fiches dans le coin.

Un peu de télé, oui… comme ça, en passant.

L'intérieur était plutôt baroque, dans le sens étrange du terme. Une immense pièce fourre-tout. Au centre, une large table Louis XIII sur laquelle s'entassaient des tonnes de dossiers ; devant une porte-fenêtre qui donnait sur la forêt blanchie, grinçait un rocking-chair à moitié cassé ; un vaisselier mal repeint qui devait provenir de chez Emmaüs masquait un mur lézardé ; des livres par milliers s'empilaient un peu partout ; un canapé sans couleur faisait face à une cheminée crépitante dans laquelle on aurait pu cuire un mouton entier ; trois ou quatre chats déposaient leurs poils un peu partout.

Un intérieur où l'absence d'une femme se faisait cruellement sentir. Mais tout cela semblait aller parfaitement avec cette grosse barbe laissée en jachère sur le visage de Buffalo Bill.

— Heureusement, continua Guillaume Dussalier, j'ai une petite technique... pour la mémoire... pour éviter de retenir trop de conneries... J'apprends un poème par jour. Et j'en connais des milliers !

Il se retourna vers Paul, une main sur le cœur, l'autre en l'air et se mit à déclamer.

*L'hiver blanchit le dur chemin...*
*Tes jours aux méchants sont en proie.*
*La bise mord ta douce main ;*
*La haine souffle sur ta joie.*

*La neige emplit le noir sillon.*
*La lumière est diminuée...*
*Ferme ta porte à l'aquilon !*
*Ferme ta vitre à la nuée !*

*Et puis laisse ton cœur ouvert !*
*Le cœur, c'est la sainte fenêtre.*
*Le soleil de brume est couvert ;*
*Mais Dieu va rayonner peut-être !*

*Doute du bonheur, fruit mortel ;*
*Doute de l'homme plein d'envie ;*
*Doute du prêtre et de l'autel ;*
*Mais crois à l'amour, ô ma vie !*

*Crois à l'amour, toujours entier,*
*Toujours brillant sous tous les voiles !*
*À l'amour, tison du foyer !*
*À l'amour, rayon des étoiles !*

*Aime, et ne désespère pas.*
*Dans ton âme, où parfois je passe,*
*Où mes vers chuchotent tout bas,*
*Laisse chaque chose à sa place.*

Silence.

Dussalier avait les yeux qui brillaient.

— Victor Hugo, mon pote ! Quel pied ! « *Le cœur, c'est la sainte fenêtre.* » C'est pas du pipi de chat, quand même ! Le gars savait te trousser des vers un peu mieux que les poètes de la politique. Allez, je vais nous faire un bon café…

Deux heures plus tard, ces deux amitiés regagnées discutaient toujours devant l'âtre, exposant à cœur ouvert deux vies, deux destins, deux visions du monde avec en point commun, la passion !

Guillaume avait travaillé pendant une dizaine d'années comme directeur juridique dans une des plus notables enseignes de la grande distribution. Il s'occupait des contrats de franchise dans lesquels il piégeait de pauvres candidats au bonheur de l'entrepreneuriat. Dix ans pendant lesquels, il avait consciencieusement fait un boulot de salaud soumis à la pression d'une direction toujours plus avide de résultats. Effets pervers de cette course biaisée : un burn-out sévère à l'issue duquel il avait lâché cette « vie de con » !

— Tu comprends, j'allais pas continuer à engraisser un système pourri, constitué d'analphabètes dont la seule compétence était d'aimer le pognon !

Alors il avait tout abandonné. Boulot rémunérateur, appartement cossu dans le 7e arrondissement de Paris, voitures, dîners mondains, vacances sur les plages de sable blanc, ordinateur, portable, tout !

— Me suis débarrassé des oripeaux de la bourgeoisie, mon vieux ! Toutes ces chaînes qui entravent l'être humain, qui le rendent fou, égoïste, aveugle aux beautés qui l'entourent, sourd aux bruits du vrai monde.

Un discours teinté d'anarchisme désuet, selon Paul.

Il y a près de quarante ans, Guillaume, le rat des villes, avait découvert l'Ardèche, s'y était trouvé des accointances sauvages. La rigueur, l'âpreté, le silence de la nature, conciliés à sa beauté, l'avaient envoûté. Il avait mis une partie de ses économies dans l'acquisition d'une ferme délabrée qu'il avait retapée tranquillement, se laissant porter par une vie au grand air ponctuée de lectures et de siestes.

— La belle vie, non ?

— Peut-être, mais tu me parles de matériel, de l'abandon d'un monde consumériste, soit, coupa Saran, mais l'humain dans tout ça ? Pas de femme ? Pas d'enfants ?

— Pas eu le temps. Des petites aventures à droite, à gauche, rien de tangible. Une vie de con, je te dis. Par contre, ici, c'est pas pareil… J'ai rencontré Françoise peu de temps après mon arrivée. Une agricultrice… Une jolie fille très nature. Elle avait eu une vie difficile, son mari s'était pendu, en la laissant avec deux gamins. Tu vois, déjà à cette époque, les agriculteurs commençaient à souffrir… Je lui ai proposé de faire un bout de chemin ensemble. L'enracinée et le déraciné. On était partis du principe, pour elle comme pour moi, que demain est toujours possible… Les enfants sont grands maintenant, ils ont leur vie.

— Toujours avec Françoise ?

— Si on veut… C'est elle, là, sur la cheminée.

Sur la poutre en bois, il y avait une urne et la photo d'une sexagénaire souriante.

— Désolé, murmura Paul.

— Le crabe. Un classique.

Il sourit.

— Enfin, il faut bien continuer à vivre.

— Oui, mais justement, de quoi vis-tu ? s'étonna Paul.

— Ah, ah ! Tu sais qu'on est à trois cents mètres d'une des plus belles réserves de bisons d'Europe. Eh bien, c'est de ces jolies bêtes que je tire mes maigres sous… Je m'occupe de leur tonte une fois par an et je vends la laine. La plus résistante, la plus chaude et la plus chère au monde.

— Tu fais du commerce de luxe, en somme ?

— Circuit court et totalement bio.

— Je constate donc que tu n'as pas complètement lâché le capitalisme esclavagiste que tu critiques, sourit Saran.

— Oh, Paul, ne fais pas semblant de ne pas comprendre… Je ne suis pas un ermite détaché de tout. J'ai juste abandonné les excès de cette société de dingos qui a transformé l'homme de citoyen en consommateur ! Bref, en un mouton servile qui se laisse tondre parce qu'il prend pour argent comptant ce que lui répète à l'envi une élite gangrenée. D'un côté, c'est la peur qui le bâillonne, de l'autre, c'est les injonctions morales qui l'écrasent ! Tu n'es pas d'accord ?

— Pas complètement. Je suis comme beaucoup de gens, en colère de voir ce que le mondialisme a créé, de voir que la violence progresse, que des minorités agissantes veulent prendre le contrôle de la pensée, que trop de gens vivent sous le seuil de pauvreté… que sais-je encore ? Mais bien que je me sente impuissant, je garde un profond respect pour les institutions… Je les crois garantes de notre démocratie.

Buffalo Bill ne put s'empêcher un petit sourire grimaçant.

— Ah, le mot sacré est lâché, « démocratie ». L'ère du démocrate béat qui croit que son bonheur est dans les urnes, n'est-ce pas ?

— Son bonheur, peut-être pas, mais sa liberté... et son steak.

— Ce que tu appelles son steak, c'est du pain, et sa liberté, c'est des jeux ! Juvénal n'a pas dit autre chose sous Jules César ! C'est de la poudre aux yeux, mon vieux !

— Alors il faut croire que ce n'était pas mieux du temps de Jules César... Qu'est-ce que tu préconises au juste ?

— Déjà ce que j'ai fait ! Lâcher un progressisme fou qui s'est emballé et qui nous aliène chaque jour un peu plus. Revenir au réel, à la terre, aux gens, et lâcher cet outil diabolique que tu tiens dans ta poche.

— Tu parles du téléphone ?

— Exactement, ce Big Brother consenti ! Cet Internet marchand, cet œil permanent lové au creux de vos mains, de vos oreilles, de vos poches, comme un boulet à vos pieds ! Outil merveilleux que ce portable insupportable qui transforme l'être humain en un électron misérablement connecté ! Crois-moi, la révolution sera en marche le jour où deux milliards d'individus jetteront ce bout de métal à la poubelle !

— Le monde ne marche pas comme ça.

— Tu as raison... Le monde marche où on lui dit de marcher ! Et c'est souvent sur la tête. C'est tout le problème !

— « On » ? Qui est ce « on » ?

— Les oligarchies, le marché dérégulé, l'Europe vidée de tout bon sens, qui nous propose le monde de Kafka d'un côté, celui d'Orwell de l'autre. Tu vois bien que quarante années d'inepties politiques passées nous entraînent dans le gouffre... qu'on ne maîtrise plus rien. On nous a vendu la « fin de l'histoire », la plénitude des peuples et on se retrouve avec deux guerres à nos portes et une implosion sociale sur notre sol ! La révolte paysanne, ça ne t'évoque rien ?

Le ton était de plus en plus exalté. Buffalo Bill commençait à s'empourprer.

— Évidemment, tu n'as pas le monopole de la colère, Guillaume. Je suis du côté des agriculteurs... Moi aussi, je suis touché, ému, par la réalité de leurs conditions. Je n'oublie pas plus que toi d'où je viens, mais il doit bien y avoir un compromis possible entre les instances européennes et la réalité agricole, non ?

— Mais non ! Tout ça c'est du pipeau ! Ce sont des intérêts irréconciliables ! Pendant qu'on promet aux agriculteurs une lune qu'ils ne verront pas, l'Europe signe des traités avec le Chili et le Kenya validés par la France... Des traités qui poignardent l'agriculture française ! Tout ça parce qu'on a besoin des cuivres chiliens pour nos futures éoliennes. Mais crois-moi, dans le packaging, y a pas que le cuivre... Faudra prendre les volailles, les porcs, les moutons !

— Je comprends, calma Paul, mais quelle est la solution ? Pointer les problèmes c'est une chose, diagnostiquer le mal, condamner les responsables, d'accord... mais après ? On fait quoi ? On casse tout ? Je reste persuadé que le recours au débat et au vote est la seule issue...

— Mais ça fait cinquante ans que tu débats, que tu votes et c'est de pire en pire ! Ça devrait quand même te faire réfléchir, non ?

— Tu penses donc que la démocratie n'est pas la réponse ?

— En réalité, elle ne l'a jamais été ! Deux guerres mondiales, mon pote ! Un vingtième siècle violent comme ça n'a jamais été... Et je te le dis avant que tu m'opposes l'argument : la découverte de la pénicilline, l'invention de la télévision, ou toutes les forces de progrès, n'ont rien à voir avec le système politique !

— Mais face à la démocratie, il y a quoi au juste ? La dictature ? C'est ce que tu veux ?

— Paul, tu es trop binaire. Le bien d'un côté, le mal de l'autre. Tu mets dans les mots des choses qui n'existent pas. Ce n'est pas parce que le mot « démocratie » est mis à toutes les sauces du bonheur que nous sommes en démocratie ! J'ai l'impression que, comme beaucoup, tu confonds ce mot avec « liberté d'expression ». La démocratie, c'est le choix du peuple à disposer de lui-même… Cela n'a rien à voir avec le fait de pouvoir dire tout et son contraire sur des plateaux de télévision. Tu te souviens de cette une du journal *Libération*, en 2017 ? « Votez qui vous voulez, mais votez Macron ! » Crois-moi, le jeu est biaisé.

Saran hocha la tête avec un peu d'ironie dans le sourire.

— Non, je ne crois pas être binaire… Et même si je ne suis pas entièrement d'accord avec ce que tu soutiens, j'entends ce que tu dis et je le respecte. Moi aussi, je déteste que l'on dicte ma façon de penser, qu'on désigne ceux qui ont tort, ceux qui ont raison, ceux avec qui j'ai le droit de rire, ou ceux qu'il ne faut pas écouter… Je me sens moi-même un peu schizophrène. J'aimerais que les gens soient mieux payés, mieux entendus, mieux considérés. Mais je ne valide pas la casse. J'ai cru que l'Europe pouvait être une solution à beaucoup de problèmes, mais je ne veux pas que son dogmatisme froid et aveugle étrangle nos agriculteurs, nos pêcheurs ou nos fromagers. Mes parents n'avaient pas grand-chose et ils rêvaient d'une justice sociale, mais, pour eux, elle passait par le travail et la dignité… Je conçois qu'aujourd'hui ces vertus soient bafouées et qu'une grande partie du peuple pense qu'une voix dans les urnes est une voix dans le désert. Je pourrais valider tout ce que tu dis, mais je n'entends pas de solutions concrètes. Je ne sais pas comment te définir… Un rebelle en colère ? Un révolutionnaire excédé ? Un anarchiste ?

— Oh, tu peux me traiter de complotiste, si ce mot te rassure socialement.

— Je suis juste étonné, répondit Paul. Je me souviens de toi comme d'un garçon super brillant à qui tout réussissait. Quel que soit le sujet, tu étais incollable… Avec les potes, on ne te le disait peut-être pas, mais on était ébahis et même fiers d'être copains avec toi.

— Je n'avais pas beaucoup de mérites… Je suis fils unique et avec leur boulot, mes parents étaient toujours absents. Tu ne peux pas savoir comme je me suis emmerdé. Ma seule occupation, c'étaient les livres. J'ai pillé la bibliothèque de mon père… Si on y ajoute cette pathologie d'hypermnésie, ça te fait un p'tit gars qui avait réponse à tout.

— Justement, Guillaume, c'est ça qu'on aimerait… Des réponses à tout. Avec un talent pareil, je te voyais bien changer le monde…

— … et tu me retrouves soixante ans plus tard à tondre des bisons et appeler à la révolution !

— Oui. Je m'attendais à te retrouver dans les hautes sphères, celles qui semblent te faire horreur. Ton intelligence, ton érudition, ta mémoire auraient pu, auraient dû servir au bien commun… Non ? Tu aurais pu œuvrer au bonheur de tous…

— « Doute du bonheur, fruit mortel », nous dit Victor Hugo. On a deux conceptions qui s'opposent, Paul. Moi, je ne veux pas participer à cette mascarade que les garants du bonheur des autres nous promettent.

— Malgré les écueils, je n'arrive pas à avoir une vision aussi pessimiste du monde... Mais je t'admire d'avoir le courage de marquer une rupture avec ce que tu rejettes.

— C'est moi qui t'admire ! Je ne sais pas comment tu as fait pour te jeter dans ce panier de crabes qu'est le showbiz pendant si longtemps.

Paul haussa les épaules.

— Heureusement, je ne suis pas pêcheur, s'amusa Paul, je crois simplement que le monde est ce qu'on décide qu'il soit. J'ai rencontré de belles personnes, des ambitions sincères, des talents bruts, et j'ai toujours voulu voir ce qu'il y avait de bien, de beau, chez tous ces artistes... L'écume des choses, en somme. La boue ne m'a jamais intéressé.

Le silence prit le relais. Les deux amis se regardèrent et chacun put constater de la complicité dans le regard de l'autre. Soixante années avaient passé, dix ans, une heure, quelques secondes. L'enfance était encore là. Paul se sentait bien. La neige tombait toujours, le feu crépitait... Les deux amis confrontaient des points de vue, se parlaient sans colère. Paul se raconta, livra quelques secrets de coulisses et fit tranquillement dériver la conversation vers le véritable objet de sa visite.

— On a parlé de bonheur inaccessible, mais peut-être pourrais-tu faire le mien ? Bien modeste, sans fioritures, mais j'y tiens.

La photo.

Guillaume Dussalier regardait attentivement la photo, le sourire aux lèvres et dans un lent chapelet égrené, il cita un à un tous les noms... Philippe Chaperon, Pierre Girol, Arnaud Lordez, Hervé Charolles, Paul Clermont, Yves Jaouen,

Olivier Cabiac, Jacques Gidel, Serge Ruben, Christian Laquesne, Bernard Vincent, Renaud Dupeyron, Pascal Pechmeja, Christophe Laumonier, Vincent Bonneterre, etc.

Il n'en oublia aucun.

Paul était vitrifié.

— Alors tu te souviens de cette journée de juin 1965, le jour de la remise des prix et des photos ?

— Comme si c'était hier. Je peux même te dire que ce jour-là, j'ai eu un premier prix de camaraderie et qu'on m'a offert *Le Capitaine Fracasse* de Théophile Gautier avec des illustrations couleur, que François Contini a eu un prix d'excellence en mathématiques avec comme cadeau *Les Robinson suisses*, que toi, tu as eu les encouragements avec…

— *Michel Strogoff*, de Jules Verne.

— Exact. Bravo pour ta mémoire. Serge, lui…

Paul l'interrompit.

— Tu te rappelles que ma mère était là ?

— Oui… Au deuxième rang… Toi, tu étais devant et tu n'arrêtais pas de faire des allers-retours entre ta chaise et l'estrade parce que tu présentais les prix… Tu ne te souviens pas ?

Si, il se souvenait, d'autant que Vincent Bonneterre lui avait rafraîchi la mémoire quelques jours plus tôt.

— C'est le prof qui t'avait demandé de faire l'animateur. Ah, il avait du nez, le père Louvois… Il avait compris avant tout le monde tes qualités de présentateur.

Paul sourit. Il avait fait mentir la phrase de Jacques Prévert qui disait que suivre une idée fixe condamnait à faire du surplace.

— Mais revenons à ma mère, Guillaume. Tu te souviens qui était assis à sa gauche ?

— Vincent Bonneterre.

Tac au tac. Extravagant. C'était vrai.

Paul retenait presque sa respiration.

— Et… à sa droite ?

— Fastoche ! J'ai le droit à une récompense si je te le dis ?

— Oui, une invitation avec tous les copains chez moi à Fuveau dans un mois !

— J'achète ! C'était François Contini.

# 14

# « Ma liberté de penser »

*J'ai toujours été impressionné par la personnalité de Florent Pagny. Ce garçon au caractère particulièrement trempé n'avait jamais eu véritablement la « carte », cette sorte de pass virtuel, ce sésame magique, qui vous ouvre les portes d'un Eldorado artistique. Pour Florent, qui venait d'un milieu modeste, la meilleure des reconnaissances était celle que lui renvoyait son miroir chaque matin. Avait-il à rougir de quelque chose ? d'une parole ? d'un acte ? Et chaque matin, il se disait que non. Son franc-parler lui refermait-il des portes ? Bien sûr... Rien à cirer !*

*Il avait sa liberté de penser.*

*Je l'ai connu lorsqu'il était encore avec Vanessa Paradis, un peu avant qu'il se retrouve au fond de l'abîme.*

*Le malheur de Florent, dans un monde de « roturiers », c'était son côté chevaleresque. Oui, c'était un chevalier courtois et lorsque des journalistes s'en prenaient à sa « Dulcinée », il montait au créneau ! Mais il n'y décochait pas des flèches, mais des mots... Des mots au vitriol.*

*Sa chanson* Presse qui roule n'amasse pas mousse, *où il attaquait sans détour un journalisme sans éthique, lui valut ce qu'on appelle le purgatoire… pour ne pas dire une descente aux enfers.*

*Son miroir lui avait-il rendu l'image d'une fierté mal placée ?*

*Je ne crois pas.*

*Les écorchés vifs ne calculent pas la vie sur le regard des autres. Les vrais artistes ne trichent pas avec leurs sentiments profonds.*

*Par bien des aspects, il me rappelle mon vieux pote Dussalier.*

*Les deux hommes se sont éloignés d'un monde qui ne leur donnait pas les réponses qu'ils attendaient. La Lozère chez l'un, la Patagonie chez l'autre.*

*Pagny se ressource auprès de son amour argentin et reprend son souffle loin des bruits du monde si chers à mon autre ami Hervé Charolles, et les grands espaces le libèrent du poids des mondanités stériles comme le silence le sauve des cacophonies parisiennes.*

*Depuis quelque temps, Florent se bat… et je le trouve tellement courageux. Mais a-t-on le choix de l'être ou de ne pas l'être ? La volonté de vivre est la réponse.*

# 15

# “The shop around the corner”

# « Rendez-vous »

*Nice – Aujourd’hui.*

François Contini ! Ça, c’était une sacrée nouvelle !

C’était François Contini qui se trouvait à côté d’Emma le jour de la remise des prix, François Contini à destination duquel elle avait griffonné ces quelques mots. Le mystère allait bientôt se résoudre. Après un petit périple italien, Paul aurait ce « fin mot » de l’histoire qui le tenaillait tellement.

L’avant-veille, il n’avait pas pu profiter des délices de Capoue que lui avait vendu l’hôtelière Marlène, parce que Guillaume Dussalier avait refusé de le laisser partir.

Paul n’avait pas su dire non et s’était retrouvé avec l’étrange sensation de l’adolescent fugueur qui se voit dans l’obligation de dormir à la belle étoile. Buffalo Bill lui avait concocté une petite soirée campagnarde à base de charcuterie locale et de vin de pays, puis lui avait installé un lit de fortune sur le canapé, face à la cheminée. Couchage que Saran n’eut pas le plaisir de goûter car le « faiseur de monde », bavard comme un syndicaliste, aidé par quelques cuvées spéciales, avait monopolisé une partie de la nuit pour recomposer l'échiquier géopolitique.

La nuit fut blanche comme le petit matin enneigé.

Aujourd'hui, magie de la tempérance à la française, l'azur niçois faisait le contraste avec le blizzard ardéchois. La promenade des Anglais, malgré la fraîcheur, profitait d'un soleil généreux et d'une mer calme.

Dès son retour de Sainte-Eulalie, les choses s'étaient précipitées. Impatient de gagner l'Italie pour rencontrer Contini, il avait rappelé Agnès qui lui avait fourni adresse et numéro de téléphone. Depuis cinq ou six ans, François vivait une retraite paisible au cœur de Rome dans le magnifique quartier du Trastevere.

Le temps de rentrer à Fuveau, d'appeler l'« homme au secret » pour organiser une rencontre, de prendre les billets d'avion pour lui et Suzanne, et Paul connaîtrait enfin la vérité.

Soulagement.

Comme George Peppard dans *L'Agence tous risques*, Paul Saran « aimait les plans qui se déroulaient sans accroc ».

Mais à peine était-il rentré chez lui que la secrétaire de Serge Ruben l'avait appelé, lui confirmant un rendez-vous avec « monsieur le directeur » le vendredi suivant… dans trois jours.

Paul avait confirmé sa présence avec un soupçon de dépit, tiraillé par son plaisir de revoir Serge et son désir « urgent » d'arracher les aveux de François.

Là encore, il dut s'en remettre à la philosophie apaisante de Suzanne qui n'aurait cessé toute sa vie de dompter le feu qui le traversait, d'assagir son tempérament boulimique, de le ramener toujours vers l'essentiel… Il devait prendre le temps de regarder pousser un arbre. Trois jours, ce n'était rien, c'était demain… C'était un temps qu'il devait mettre à profit pour se reposer, savourer, méditer.

Elle avait raison… une fois de plus.

Paul en profita pour méditer sur l'expression : « prendre son mal en patience ».

Trois jours plus tard.

Nice.

Place Masséna.

Rue de France, rue piétonne parallèle à la mer, où s'étalent les terrasses enjouées et les commerces multiples. C'était là que l'enseigne Ruben scintillait au coin de la rue Saint-Philippe qui file vers la promenade des Anglais.

Angle majestueux.

Paul pénétra dans le magasin, presque vide. C'était l'heure du déjeuner. Une jeune femme élégante et souriante s'avança aussitôt vers lui. Son premier réflexe fut de regarder ses pieds. Des escarpins noirs et or qui s'élevaient vers la cheville en de fines lanières. Paul se présenta. La jeune fille n'eut pas le temps de lui répondre qu'un boulet de canon traversa le magasin.

— Paul ! Paul ! Paul !

Serge Ruben, le corps râblé, fichu de deux bras qui bougeaient comme des sémaphores, se précipita sans préambule dans les bras de son ami d'enfance. Il lui fit une accolade virile comme deux cow-boys qui se retrouvent aux portes d'un saloon.

— Quel plaisir de te voir !

— J'ai…

— Non, ne dis rien, j'ai une surprise pour toi. Laura, je file et je ne suis pas joignable. Allez, mon ami, on file.

Sans réfléchir, Paul lui emboîta le pas. Ruben n'avait pas beaucoup changé. Quelques fils blancs grignotaient sa chevelure rousse, et il avait toujours ce visage massif au nez fort qui pouvait faire penser à l'acteur espagnol Javier Bardem.

— Tu sais comment j'ai voulu appeler ma boutique au début ?

Paul dut reconnaître qu'il l'ignorait.

— *The shop around the corner* ! Le magasin au coin de la rue... Tu saisis l'hommage.

Oui, Paul saisissait. C'était le fameux film d'Ernst Lubitsch avec James Steward où, employé de magasin, il entretenait une correspondance amoureuse et platonique avec une jeune inconnue sans savoir qu'elle était en réalité la collègue de travail qu'il détestait. Les années quarante, la grande époque des comédies américaines.

— Toujours ta passion du cinéma...

— Plus que jamais, *my friend*.

On l'avait envoyé chez l'oncle Sacha de New York, enfin plus exactement à Newark de l'autre côté de l'Upper. Le frère de son père avait une belle boutique avec de la surface et plusieurs vendeuses... C'était l'oncle qui avait réussi dans la chaussure. Les Ruben de Newark, c'était quelque chose dans la famille. La diaspora conquérante.

— Tu penses bien que le père Serge, dès qu'il a eu quelques dollars en poche, il s'est payé un billet pour Hollywood. Le rêve ! Je peux te dire que quand un petit juif comme itou a marché dans les décors de *Ben-Hur* ou d'*Exodus*, ça fait quelque chose... T'as tout le passé familial qui remonte, l'histoire... T'es pris à la gorge, quoi ! Tu sais, moi j'ai toujours voulu devenir un acteur américain !

— Je me souviens, Serge. On en rigolait avec les copains, mais pourquoi précisément américain ?

Serge s'arrêta et posa ses deux mains sur les épaules de Saran et prit un air sérieux et un ton docte.

— Le cinéma, *c'est* américain !

— Alors pourquoi tu n'es pas resté là-bas pour tenter ta chance ?

La question vache, celle qui fait remonter les souvenirs malheureux, les tristesses, les frustrations. Son père était mort brusquement et il avait dû rentrer de toute urgence pour l'enterrement. Puis l'enchaînement des évidences… Sa mère, seule, la boutique, vide… et Serge avec sa petite expérience des affaires dans le magasin de l'oncle Sacha. La voie était tracée. Il avait repris la petite affaire familiale.

— Mais quand tu as côtoyé le business américain, mon vieux, alors là… tu vois grand, t'envisages, tu extrapoles !

Et petit à petit, Serge Ruben était devenu *Serge Ruben, chausseur*, le chausseur mondain pour dames élégantes.

— Mais le succès de mon entreprise ne m'a jamais fait perdre de vue mes rêves de gosse. On est arrivés.

Paul leva la tête vers un haut porche en métal dans un style presque hollywoodien au sommet duquel était inscrit « Studios de la Victorine ».

Serge se retourna, le sourire conquérant comme s'il montrait l'entrée de sa propriété.

— Attention, séquence émotion… Retiens tes larmes ! C'est ici même qu'ont été tournés *Les Visiteurs du soir*, *Les Enfants du paradis*, *La Nuit américaine*… Marcel Carné, François Truffaut…

— Pas très américain, tout ça, modéra Paul, taquin.

— Je sais, mais j'aime bien venir rêver ici. Tu sais que j'ai chaussé bien des actrices et pas des moindres : Catherine Deneuve, Miou-Miou, Annie Girardot, Monica Bellucci…

Et pompon sur la chaussure : Grace Kelly, Lauren Bacall et, mon plus beau souvenir peut-être, j'ai caressé les pieds d'Audrey Hepburn, Audrey la Délicieuse, Audrey la Merveilleuse, la quintessence de la finesse et de l'élégance. C'est un peu comme si j'avais joué dans leurs films.

Puis baissant d'un ton, l'œil soudain gaulois :

— J'ai même failli avoir une aventure avec l'une d'entre elles.

— Oh, là, tu m'intrigues... Laquelle ?

Serge bouillonnait, le visage en mouvement, ne sachant pas s'il devait lâcher l'affaire ou jouer la carte du mystère et du tact.

Paul insista, usant du trop fameux, mais efficace : « Tu en as trop dit ou pas assez. »

— Laura Antonelli, lâcha-t-il dans un souffle.

— Waouh ! Quel scoop ! Raconte...

Paul avait du mal à le croire.

— Bon... C'était en été, je me promenais dans les couloirs des studios, où se trouvaient les loges des acteurs. C'était vide, silencieux, il faisait une chaleur du diable, et à un moment j'ai vu une porte légèrement entrouverte. Je me suis approché sans un bruit, j'ai ouvert... Et là !

Il laissa planer un petit suspens coquin.

— Laura Antonelli était allongée sur un canapé... Elle était assoupie. Une vraie beauté, crois-moi.

— Et alors ?

— Je suis un homme. Naturellement, je me suis dit, j'y vais ou j'y vais pas... Je tente ma chance !

— Et alors ?

— Ben... j'y suis pas allé !

Paul éclata rire.

— En effet, quelle histoire ! « Un homme, ça s'empêche ! » disait Albert Camus. Dorénavant, j'aurai un exemple parfait pour illustrer cette formule.

— Ah non, Paul, motus, s'amusa Ruben, c'est ultra-secret !

— Ah, mon vieux Serge, je t'envie d'avoir gardé une telle insouciance.

Le sourire de Ruben s'effaça d'un coup.

— Je ne suis pas insouciant, Paul. Je ne l'ai jamais été. Quand on est juif, on n'a pas les moyens de l'être. Et aujourd'hui encore moins qu'hier.

Chaud et froid.

— « Le rire est la politesse du désespoir[1] », j'en reste là… mais je ne vais pas au-delà.

— Oh chérie ! Regarde qui est là ! Une gloire de la télé ! Toute ma jeunesse !

Ruben et Saran se retournèrent sur un couple enlacé. La jeune femme était accrochée au bras de… Nicolas Bedos.

Ils se saluèrent avec chaleur.

Le jeune réalisateur à succès, l'homme que les femmes adoraient détester, prenait quelques jours de repos et revenait sur les lieux de son dernier crime. C'était là qu'il avait tourné une partie de son film, *Mascarade*, aux studios de la Victorine, lieu mythique du cinéma français, où François Truffaut avait tourné en son temps *La Nuit américaine*.

Saran aimait beaucoup le jeune Bedos qui n'arrivait pas à masquer ses fêlures derrière une fausse arrogance. Il avait été très admiratif de *La Belle Époque* qui faisait bien sûr

---

1. Adage mystérieux attribué à Beaumarchais, Oscar Wilde, Georges Duhamel, Boris Vian, entre autres, voire à la sagesse populaire. Pourquoi pas à Serge Ruben ?

écho à ses considérations du moment sur l'idée du temps qui passe et des jours heureux que représentait sa jeunesse.

— C'est très aimable, remercia Bedos, c'est vrai que je suis de plus en plus nostalgique d'un temps que j'ai finalement très peu connu. Je crois que ma génération est coincée entre deux mondes qui ne se comprennent plus. J'en fais les frais en ce moment. J'espère que je pourrai continuer à faire des films.

— J'en suis sûr. Votre talent aura raison des tempêtes. J'ai connu ça en mon temps, pour d'autres raisons. Les choses se calment toujours.

— Quand la mer se retire, il reste toujours un peu d'écume, philosopha Bedos, le sourire las. Mais quand je repense à vos émissions, Paul, à la liberté de ton, c'était vertigineux. Où donc vont nous emmener les ayatollahs de la nouvelle pensée ? Quand je vois ce que balançait mon père… D'ailleurs, il n'a pas toujours été tendre avec vous. Je me souviens notamment de *Droit dans les yeux*… Quelle peau de vache !

— Oui, c'est vrai, mais Guy avait une très grande qualité.

— Laquelle ?

— Il était d'une profonde mauvaise foi.

Rires.

Pendant ce petit échange, Serge Ruben s'était entretenu avec la jeune femme de Nicolas Bedos et lui avait remis sa carte, lui promettant de la chausser comme une reine si elle venait le voir à la boutique.

On se quitta sur cette plaisanterie de chausseur.

— C'est vrai que tu as côtoyé le grand monde, mon Paul… De tous ceux que tu as croisés, lequel t'a le plus impressionné ?

— Vaste question. Beaucoup m'ont impressionné. Le véritable talent est impressionnant… Delon, peut-être, par son charisme animal exceptionnel… Mais c'est drôle, par certains côtés, toi, tu me fais penser à Tapie.

— Ah, non, pas lui ! Je n'ai vendu et acheté personne, moi.

— Je ne parle pas du Bernard Tapie des affaires, mais du saltimbanque refoulé… De celui qui aurait voulu être un artiste. Il le chantait très bien d'ailleurs. Il m'avait dit un jour : « Tu sais, Paul, la vie est un spectacle et moi je veux être sur scène, pas dans la salle. »

Serge fit la moue.

— Tu me permettras de lui préférer d'autres modèles.

Les deux hommes cheminaient tranquillement dans les allées du studio. Quelques techniciens les croisaient et saluaient Serge. Il avait ses entrées. Il proposa de s'asseoir sur un banc qui écaillait tranquillement sa peinture au soleil.

— Dis-moi, Paul, c'est quoi ta prochaine émission ?

— J'ai décroché, tu sais.

— Tu plaisantes ? Quand on a décroché la Lune, on ne la raccroche pas.

— Je ne suis pas Molière ni Drucker, répondit Paul, souriant. Il y a un temps pour tout et j'ai eu la chance de rencontrer un large public avec des émissions que j'avais créées.

— Et alors ? Tu dois encore fourmiller d'idées tel que je te connais. Et tu es fait pour ça. Moi, je dis que Paul Saran, il en a encore sous le pied… Si tu vois ce que je veux dire !

— Non, Serge, je suis vraiment passé à autre chose.

Serge opina.

— Si tu le dis… Bon alors, si tu me racontais plutôt la raison de ta visite. Je veux bien que tu aies une bouffée de nostalgie et l'envie subite de revoir un vieux copain, mais pourquoi au juste ?

Paul ne prit pas de chemins de traverse, rassuré qu'il était à présent de connaître le véritable dédicataire de la photo. Il parla d'Emma, du livre – que Serge avoua ne pas avoir lu –, il évoqua les années d'antan, les années jeunesse, le collège et les copains, son envie de connaître les destins de chacun, de comprendre les parcours, d'y trouver des réponses, pourquoi pas… Paul se laissa emporter par son goût du verbe, par le plaisir qu'il avait de se raconter à une vieille connaissance. Serge écoutait, hochait la tête de temps en temps, mais ne paraissait pas enthousiasmé plus que ça par l'évocation de ces années d'« insouciance ». Il préférait les anecdotes sur les vedettes rencontrées… jusqu'au moment où Paul sortit la photo. Le chausseur s'amusa à y reconnaître les « chères têtes blondes »… Mais contrairement à Guillaume Dussalier, les noms ne lui venaient pas facilement. Contrairement à Paul, Serge ne nourrissait aucun goût pour le passé.

Ruben regarda de nouveau la photo, la moue désabusée.

— C'est du noir et blanc, tout ça.

Il retourna négligemment la photo et s'arrêta un instant sur la phrase crayonnée.

— Ah, c'est drôle, ça ! *Ne le dis surtout pas à Paul…* Paul… Ça me revient tout à coup… Comment il s'appelait déjà cet emmerdeur ?

Saran sursauta, avec une petite pointe au cœur.

— Comment ça ?

Serge passa son doigt sur le cliché, examinant chaque tête.

— Tiens, là. C'est lui ! Paul… Paul Liffart ! Tu te souviens ? Il était plein de boutons sur la figure… On l'appelait le Phare, Paul le Phare ! On était vaches !

Oui… Saran se souvenait…

— Ah, qu'est-ce qu'il nous a emmerdés celui-là ! On ne pouvait jamais rien dire devant lui, il caftait tout.

Paul était devenu blanc, presque blême. Oui, à présent, il se souvenait de ce gars… « N'en parle pas devant Paul ! Il va tout raconter ! »

Serge, lui, était tout sourire, comme si on venait de lui raconter une bonne blague.

— Tu te souviens, toi, de ce qu'on ne devait pas lui dire, à Paul le Phare ?

*

*Bagneux – Juin 1965.*

Pour ce jeudi après-midi, Serge et Paul ont lâché le groupe qui a prévu une journée détente au parc de Seaux. Paul aurait préféré faire le joli cœur avec sa petite amie du moment en lui animant une émission de radio dans sa cave, mais Serge, le cinéphile, l'a entraîné au *Select*, le grand cinéma de Fontenay-aux-Roses qui possède deux salles. En réalité, deux cinémas qui ont été réunis.

Les deux copains sont face à un dilemme. Deux films sont à l'affiche : *Les tribulations d'un Chinois en Chine* de Philippe de Broca avec Jean-Paul Belmondo en duel avec *Et pour quelques dollars de plus* de Sergio Leone. Évidemment, Serge opte pour le western spaghetti avec Clint Eastwood. Paul a une préférence pour Bebel, mais le choix de Serge semble être une question de vie ou de mort. Alors, il cède. Ce sera une histoire de chasseurs de prime sans scrupules.

Paul prend son portefeuille pour extraire un billet de cinq francs… Son argent de poche de la semaine.

— Qu'est-ce que tu fabriques, s'étonne Ruben, tu ne comptes pas payer, j'espère ?

Paul reste interdit.

Serge se campe devant lui, les mains sur les hanches.

— Tu crois qu'un type comme Clint Eastwood, il paierait sa place ?

— Ben… Je crois surtout qu'il apprécie qu'on paye pour aller le voir.

— Ce type, c'est un rebelle !

— Ah bon ? Qu'est-ce que tu proposes exactement ?

— On passe par-derrière, c'est la sortie de secours… Et on s'installe discrètement au premier rang, ni vu ni connu.

Paul n'est pas chaud.

— C'est risqué ?

— Pour être un acteur américain, il faut prendre des risques.

Cette phrase reste mystérieuse dans l'esprit de Paul, mais il comprend que son ami est déterminé à transgresser l'ordre établi… Et cette petite pointe d'interdit ne lui déplaît pas non plus.

— Salut les gars !

Serge et Paul se retournent vers la silhouette d'un gringalet qui les regarde en souriant. Son visage est écarlate, bourgeonnant d'une acné virulente.

Le Phare !

— Tiens le… Liffart ! Qu'est-ce que tu fiches ici ?

— Ben, je viens voir le nouveau Eastwood. Vous voulez qu'on y aille ensemble ?

Non, ils ne veulent pas.

Serge veut jouer les gros bras. Hors de question de faire profil bas devant Liffart, la balance !

— Si ça te chante, mais nous, on ne passe pas par la caisse, on entre par la sortie de secours.

— Hein ? Vous voulez tricher ? Vous êtes dingues ! Vous allez vous faire choper !

— Et alors ? On t'oblige pas à nous suivre.

— C'est pas honnête, les gars !

— Tu veux prévenir la police, peut-être ?

Paul Liffart fait une mauvaise tête. On a l'impression qu'il est sous pression et qu'il va éclater.

— Pour votre bien, je devrais.

— Le problème avec toi, Liffart, s'en mêla Paul, c'est qu'on ne peut jamais rien te dire !

*

« Il ne faut jamais rien dire à Paul ! »

Paul Liffart !

Saran avait la gorge sèche. Voilà un scénario qu'il n'avait pas envisagé. Que ce « Paul » ne soit pas lui ! Comment avait-il pu écarter cette possibilité ? Mais non, c'était impossible... Emma ne connaissait pas le jeune Liffart. Il ne faisait pas partie de la bande. Paul commençait à respirer. C'était ridicule et à bien y réfléchir, c'était impossible que sa mère parle de ce garçon dont elle ignorait l'existence, mais la sincérité avec laquelle Serge avait suggéré la chose l'avait un instant fait douter. Paul reprenait vie à tel point qu'il n'avait qu'une hâte, c'était de sauter dans l'avion pour rejoindre Contini. Contini, le séducteur, Contini, le médecin altruiste, Contini, le confident secret d'Emma, Contini, le récipiendaire de la photo !

Saran ne prit pas la peine d'en dire plus à Serge qui ne semblait pas, en apparence, voir dans cette chasse aux souvenirs un quelconque intérêt. À quoi bon, puisqu'il avait gardé son âme d'enfant et que ses rêves étaient aussi neufs qu'au premier jour... Mais il serait heureux de revoir la vieille équipe et il accepta le rendez-vous de Paul à Fuveau pour le mois suivant.

Avant de se quitter un peu plus tard, Serge serra Paul dans ses bras.

— Et tu n'oublies pas de dire aux autres que ça marche toujours les 3 % de remise.

Clin d'œil.

Paul eut une bouffée de nostalgie.

Il y avait toute une vie d'amitié dans ce clin d'œil.

## Chronique 184 - janvier 1990
## « Tout sur la table » - Jacques Vergès

*Tout sur la table* est une émission où, là encore, Paul reçoit du beau monde et peut-être du moins beau. J'ai déjà chroniqué sa rencontre avec Christophe Lambert, Serge Gainsbourg, Édouard Leclerc, Jacques Séguéla, Annie Girardot ou encore Bernard Tapie, mais hier soir, il s'agissait de Maître Jacques Vergès, le sulfureux Jacques Vergès que d'aucuns surnomment l'avocat de la terreur. L'homme qui a pris la défense du révolutionnaire Carlos, du « Boucher de Lyon », Klaus Barbie, du président serbe Milosevic et de bien d'autres accusés « jugés » indéfendables. L'homme aux amitiés troubles qui ne cache pas ses sympathies avec les Khmers rouges et Pol Pot, ni ses accointances assumées (elles iront jusqu'au mariage) avec le FLN algérien.

J'entends déjà les moralistes à la petite semaine juger de la pertinence d'inviter une telle personnalité. À mon sens, il n'y a pas de débat sur ce sujet… Comme Paul Saran, je pense que le téléspectateur doit pouvoir se faire une opinion sur ce qu'il voit et non sur ce qu'il ne voit pas ! La caméra est un témoin du temps. Les thuriféraires démocrates, censeurs patentés, trouveront toujours à redire à l'exposition de ce qui les gêne.

Pour ma part, le problème ne se situe pas là, mais sur le concept même de l'émission dont le titre, *Tout sur la table*, donne la mesure et contraint l'animateur à faire sortir l'invité de ses retranchements. Paul possède un brio consommé pour le faire avec les vedettes de la chanson ou du cinéma, mais avec un candidat comme monsieur Vergès, c'est une autre paire de manches.

Je ne trouve pas que Paul traite l'événement avec assez de hauteur. Son désir de paraître sympathique aux yeux de tous, élégant, poli, lui interdit de taper là où ça fait réellement mal. Je sais que son image de gendre idéal lui colle à la peau et qu'il ne la déteste pas, mais l'unique plaisir de divertir ne doit pas l'interdire de piquer le taureau dans l'arène. Or, je note la limite du matador face à une « bête » comme Vergès. L'avocat internationaliste est rompu aux arcanes de la « question » et un mordant presque méchant est indispensable pour extirper des secrets à un homme qui ne veut pas les révéler. Saran joue l'intimité et ne veut pas piéger son invité… Alors ce n'est pas Vergès que l'on invite !

Plus qu'un homme, Vergès est un sphinx. Il est le secret incarné, nimbé d'un parfum de scandale.

– Auriez-vous défendu Hitler ?

– Oui, et j'aurais même défendu George Bush !

– Sans conditions ?

– Ah, si ! À la condition *sine qua non*, qu'ils plaident coupables !

Avec un tel sens de la repartie, se faire l'arbitre des élégances ne suffit pas. Saran se devait d'être plus offensif et le défi n'a pas été relevé.

J'aurais aimé savoir ce que M^e^ Vergès avait fait entre 1970 et 1978, période à laquelle il disparut totalement des écrans radars. Était-il aux côtés du tyran rouge, Pol Pot, au Cambodge ? À Cuba ? Ou fournissait-il des armes idéologiques à Wadie Haddad, le fondateur du FPLP, le Front populaire de libération de la Palestine ?

Face à la démocratie à visage obscène que représente George W. Bush, quelle espèce de liberté révolutionnaire Jacques Vergès était-il allé chercher dans l'anonymat ?

C'était cela que j'attendais d'une émission qui s'appelle *Tout sur la table*.

J'admets néanmoins que Paul a le sens de l'animation tout-terrain et qu'il est conscient que si on peut inviter Dalida et Vergès le même jour, ce ne sera certainement pas à la même heure.

# 16

# Les chemins noirs d’Afrique

*Éthiopie – 1985.*

La route est chaotique, pleine de nids-de-poule qui font dangereusement tanguer la Jeep. Jamais l’expression « rouler à tombeau ouvert » ne pourra avoir meilleure utilisation. Malgré l’état de cette chaussée perforée, le chauffeur a le pied au plancher. L’urgence est extrême. Les quatre passagers ont beau avoir le visage emmitouflé dans de larges foulards, la poussière brûlante du désert leur grille le visage. Le thermomètre de la voiture enregistre 48 °C, une fournaise que rien ne refroidit.

Le docteur François Contini, à la place du passager, se retourne vers sa collègue, Mariam Zeleke, une jeune médecin éthiopienne. Elle tient sur ses genoux la tête d’une enfant endormie. D’un regard qu’elle veut apaisant, elle rassure. Le pouls de l’enfant a retrouvé un rythme normal.

Addis-Abeba n’est plus très loin, à présent. Le petit convoi est parti depuis cinq heures ce matin pour éviter la fournaise, mais à l’approche de la capitale, la route devient de moins en moins praticable. Le malheur a pris la forme de longues cohortes de corps décharnés qui marchent dans la poussière... Une armée de zombies, aux regards hébétés, aux lèvres craquelées ; une armée de squelettes qui vient du nord. Les femmes portent les bébés, les hommes les enfants plus âgés. Contini fait signe à son chauffeur de ralentir pour ne pas prendre le risque de heurter un pauvre hère qui sortirait de ce rang de misère. Tous les cinquante mètres, deux soldats armés encadrent ces migrants dans leur propre pays que la situation dramatique dans laquelle se trouve l'Éthiopie a transformé en prisonniers.

*

Depuis des mois, la famine a frappé le nord, sous les frontières de l'Érythrée. Les régions du Tigré et du Wollo sont les plus touchées, précipitant les populations dans un dénuement terrible. Pour ajouter à cette tragédie de la faim, le gouvernement du Derg, qui tente de gérer l'Éthiopie sous la férule de Mengistu, a décidé de déplacer de force les populations vers le sud. Le colonel Mengistu, celui qu'on appelle le « Negus rouge », est pour ainsi dire le porte-parole de Moscou sur son territoire.

La rougeur de ses idées n'a d'égale que la noirceur de ses actes.

Le dictateur éthiopien a décidé de pratiquer la politique de la terre brûlée, si chère à la Russie, pour stopper les rebelles d'Érythrée qui réclament leur indépendance.

Le déplacement des populations vers le sud du pays à des fins de « villagisation » sous contrainte militaire est une véritable catastrophe humanitaire. Déraciner des centaines des milliers d'agriculteurs, les pousser hors de leurs fermes, de leurs villages, pour les jeter sur les routes, c'est organiser le chaos ! Un grand nombre d'agriculteurs refusent et s'enfuient, beaucoup meurent.

Cette « villagisation », néologisme barbare cher au communisme, qui consiste à créer des nouvelles zones de travail autour de points d'eau, est un fiasco complet d'autant que les services promis par le gouvernement ne sont que rarement fournis.

C'est sur ce terreau mortifère que, depuis des mois, l'ONG Médecins sans frontières tente d'aider au maximum les populations afin d'enrayer la tragédie.

Depuis quelques semaines, au centre du bourg de Korem, à l'extrême nord du Wollo, François Contini essaie de soigner les enfants les plus touchés par la malnutrition. C'est là qu'a été improvisé un camp de réfugiés de la faim. On parle de dix mille personnes. Contini, bien qu'il se soit préparé au pire, jour après jour, n'arrive pas à relativiser l'horreur de ce qu'il voit. Les conditions sont épouvantables. Pour récupérer quelques kilos de céréales, les familles attendent des semaines... Ici, c'est la montagne avec des nuits glaciales et des journées torrides ; ici, ce sont des enfants qui meurent de froid ; ici, ce sont des femmes en haillons qui s'effondrent sous un soleil de feu. François se sent si souvent impuissant... Il manque de tout. Le docteur Mariam Zeleke est venue en renfort d'Addis-Abeba et elle semble moins perméable à l'émotion que son confrère français.

Sporadiquement, des camions marqués du label bleu des Nations unies apparaissent derrière les nuages de sable. Ils transportent de la nourriture, mais en trop petite quantité pour nourrir des sinistrés qui arrivent chaque jour par poignées de deux mille âmes. Les sacs de grains sont posés là, à même la poussière, surveillés par une milice intransigeante qui maintient l'ordre à coups de bâton. Contini voudrait être partout, aider à la distribution, accélérer les soins, mais le nombre des malheureux l'étouffe... Hier, c'était un vieillard gémissant qui s'agrippait à ses jambes en le suppliant de le nourrir, une femme en larmes qui lui tendait son enfant tombé en syncope, des dizaines, des centaines d'yeux, hagards ou implorants.

Que faire ?

Au poste de santé, seuls deux infirmiers sont chargés des soins ; bien sûr, l'arrivée récente de deux médecins les soulage, mais la pénurie en médicaments est telle que l'impuissance fait loi. Plus de couvertures pour couvrir les malades de la pneumonie, plus de chiffons pour laver les nourrissons... Plus rien.

Le soir, autour d'un maigre feu de fortune, le staff de MSF se réunit. François se voudrait confiant, mais la réalité l'empêche d'être optimiste. Alors que les ombres dansent sur le visage de Mariam, il ne peut s'empêcher d'admirer sa beauté. Ses grands yeux en amande, son large front, ses pommettes hautes, saillantes, et le port altier de sa tête qui lui vient peut-être d'une origine royale abyssine... La reine de Saba ! Dans cet univers rugueux, François fantasme.

Il est loin de Paris, loin de sa femme, Béatrice. Elle n'a pas voulu le suivre... Elle se rêvait femme d'un chef de clinique avec une maison au Vésinet, des voisins riches, des dîners mondains, des voyages somptueux et des palaces luxueux... Certainement pas l'épouse d'un aventurier pauvre et besogneux qui sacrifie son propre bonheur à l'intégrité thérapeutique de quelques poignées de miséreux à l'autre bout du monde ! L'estomac de Contini se noue quand il repense à toutes ces engueulades stériles qui, chaque jour un peu plus, avaient désagrégé le couple. Il se sentait floué… pas par elle, mais par lui. Il n'avait pas su être lucide. Il avait cru que Béatrice serait fière de sa démarche, de son courage aussi… Mais non, le désir d'une vie bourgeoise avait été plus fort que l'ambition altruiste de son mari. Cet Indiana Jones des causes sanitaires perdues ne l'intéressait plus. François le sait à présent, Béatrice n'attend plus rien de lui, si ce n'est d'officialiser leur séparation…

Il n'est pas pressé de rentrer.

Deux soirs avant leur départ pour la capitale éthiopienne, il avait surpris le regard tendre de Mariam sur lui. Depuis ces derniers jours, François sentait que quelque chose d'impalpable le rapprochait de cette Éthiopienne admirable. Admirable, oui. Jeune médecin-gynécologue, elle avait très vite pris la direction du département d'obstétrique de l'hôpital Saint-Paul d'Addis-Abeba, avant de partir aux États-Unis et d'intégrer l'université du Michigan comme directrice du programme de santé reproductive. Une femme vouée à une carrière d'exception, mais qui avait décidé de s'exposer sur le terrain pour venir en aide aux siens. Ici, point de plan de carrière en vue, mais la sécheresse galopante, l'invasion de sauterelles-tigres, la guerre, la misère, les cris, la mort, comme seuls perspectives…

Ce soir-là, il avait perçu de la lourdeur dans les épaules de la jeune femme… comme si un poids l'écrasait de plus en plus.

— À quoi songes-tu, Mariam ?

Maigre sourire que l'ombre des flammes avait transformé en rictus de dépit.

— Nous sommes dans une impasse, François. L'hostilité légitime des Américains contre le colonel Mengistu fait barrage aux éventuels donateurs qui ne veulent plus contribuer à maintenir le régime en place.

— Je n'aime pas parler de politique lorsqu'il s'agit de sauver des vies ! Nous sommes médecins…

— Peut-être, mais c'est souvent grâce ou à cause de la politique que les gens vivent ou meurent. Sais-tu que la délégation de la communauté européenne qui s'est déplacée à Addis il y a deux mois a rendu à Bruxelles un rapport de dingue ?

— Je t'écoute.

— Ils ont rapporté qu'aucune pénurie n'était prévisible dans l'immédiat et que les entrepôts de l'AMC abritaient 200 000 tonnes de céréales ! Une information qui a été relayée et confirmé par l'Organisation des Nations unies pour l'alimentation et l'agriculture !

— Quoi ?! Comment c'est possible ?

— Je ne sais pas… Un papier administratif mal rempli, une délégation aveugle, un enjeu politique qu'on ne perçoit pas de prime abord.

— Ça me paraît délirant ! Je vais faire remonter l'info par le canal de MSF. On n'est pas ici pour faire de la politique.

Mariam jeta un morceau de bois dans le feu en essayant de contenir un petit rire nerveux, presque désagréable.

— Tu crois vraiment ça ? Tu n'as donc pas eu vent des derniers propos de ton patron, monsieur Braumann ?

— Non… Tu sais, avant que tu arrives, j'avais un peu la tête dans le guidon.

— Il vient d'accuser publiquement le gouvernement éthiopien de détourner une partie des fonds envoyés par la collectivité internationale.

— C'est vrai ?

— Qu'est-ce qui est vrai ? Qu'il l'ait dit ou que le gouvernement détourne l'argent ?

Contini n'avait pas répondu.

— Tu penses toujours que Médecins sans frontières ne fait pas de politique ? acheva Mariam.

Ce soir-là, on avait laissé mourir le feu et beaucoup d'autres choses.

Chamboulé, François n'avait pas fermé l'œil de la nuit et avait appelé, dès le matin, l'antenne de MSF à Addis-Abeba. Là-bas, le secrétariat était en pleine effervescence. En effet, les accusations publiques du directeur de Médecins sans frontières avaient profondément remué les hautes sphères éthiopiennes. On parlait même d'une expulsion rapide de l'ONG française du territoire.

***Le 25 novembre, dans une déclaration officielle, Berhanu Deressa, le responsable adjoint de la RCC, accuse le président de la MSF France de mener une campagne de dénigrement contre l'Éthiopie[1].***

*« Les fausses allégations des médias occidentaux selon lesquels l'Éthiopie poursuivrait une politique de transferts forcés de populations du nord vers le sud ne peuvent servir qu'à prolonger l'agonie des victimes d'un désastre naturel et affaiblir l'effort humanitaire international ainsi que les efforts du gouvernement pour, non seulement, les rendre autosuffisants, mais aussi les transformer en forces productives de la nation.*

1. Sources MSF : *Famine et transferts forcés de populations en Éthiopie – 1984-1986.*

*Étant donné la nature persistante de ces allégations et les motivations politiques orchestrées derrière elles, il est devenu nécessaire de réexpliquer une fois encore la politique gouvernementale de réinstallation.*
*Quand les déplacés arrivent sur les sites de réinstallation, on leur fournit des maisons clé en main construites par la communauté, qu'ils améliorent au fur et à mesure. Les rares personnes qui ne sont pas pourvues de logement sont hébergées temporairement dans des abris, pour un maximum de deux semaines, pendant lesquelles on les aide à construire leur propre logement. La RRC leur fournit aussi des céréales, des suppléments de nourriture, des vêtements, des couvertures et du matériel jusqu'à leur première récolte. De même le ministre de la Santé publique a mobilisé et déployé son personnel pour fournir des soins de santé sur les différents sites de réinstallation. Le ministre de l'Éducation a aussi demandé à ses enseignants de mettre en place des programmes d'éducation de base sur tous les sites. [...] »*

Et quelques jours plus tard un courrier fut adressé à Bertrand Desmoulins, coordinateur de MSF France :

*« Cher monsieur,*
*Au vu des fausses allégations, orientées politiquement, proférées par votre président et son refus de suivre les normes et les procédures établies avec les autres ONG ainsi que de ses déclarations répétées au sujet de l'arrêt des opérations de MSF France en Éthiopie et les conséquences négatives que celles-ci ont eues sur les activités de secours de l'organisation, et plus particulièrement sur le sort des personnes*

*affectées par la sécheresse, le gouvernement éthiopien a décidé de se passer des services de Médecins sans frontières France à partir du 2 décembre 1985. »*

*

La jeep aborde maintenant la route qui monte vers le plateau où s'épanouit Addis-Abeba à 2 600 mètres d'altitude, ce qui en fait la capitale la plus élevée d'Afrique.

François jette un dernier regard sur ces pèlerins du malheur qui déambulent vers un sanctuaire inexistant.

Il a le cœur lourd et n'a pas très envie de parler. Il a cette sensation insupportable que son engagement désintéressé a été bafoué par des idéologues dont le seul rapport qu'ils ont à l'humanité se caractérise par des colonnes de chiffres, des statistiques et des annonces politiciennes. Au fond de lui, quelque chose vient de se briser. Il entend déjà l'ironie mordante dans le rire de Béatrice quand elle lui récitera la litanie de ses « exploits » ! Deux années de sacerdoce gâchées et un amour immolé sur l'autel d'un héroïsme de pacotille ! Voilà ce qu'elle lui dira !

Dans quelques heures, tous les médecins monteront dans l'avion pour la France et abandonneront ce vieux peuple de paysans déracinés, affamés, malades des ambitions d'une poignée de salauds. À leur retour, François le présageait, ils seront comme ces soldats américains revenus d'une guerre perdue.

Il se retourne encore pour regarder la petite fille endormie.

Son dernier « fait d'armes » sur cette terre torturée aura été de ramener cet enfant qui avait perdu ses deux parents, de la sauver de la dysenterie et de la remettre entre les mains des sœurs de la Nativité-de-la-Bienheureuse-Vierge-Marie, à l'éparchie d'Addis-Abeba.

Voilà…

Il sent la main de Mariam qui se pose sur son épaule.

Il va devoir envisager une nouvelle vie à présent.

# 17

# Dans les pas d'Emma

*Rome – Aujourd'hui.*

« C'est comme ça que nous nous sommes rencontrés avec Mariam… Tu vois, Paul, une rencontre plus romanesque que romantique. »

Paul était sous le charme. Malgré le poids des ans, François avait gardé ce chic naturel, cool, ce côté Steeve McQueen, l'élégance héroïque. Une crinière blanche lui tombait sur les épaules et encadrait un visage taillé à la serpe, bruni aux vents romains et fichu d'un éternel sourire.

La douceur italienne pour ce mois de décembre faisait un sérieux contraste avec le blizzard ardéchois. Une tonnelle un peu dénudée abritait la terrasse d'un modeste restaurant en plein quartier du Trastevere, cet « au-delà du Tibre » qui faisait le bonheur des touristes en été et des Romains gastronomes toute l'année.

C'était là, au pied de leur agréable maison de ville, que Mariam et François Contini avaient convié leurs hôtes Suzanne et Paul Saran à déjeuner. Ces derniers étaient arrivés la veille et avaient passé une soirée délicieuse où, malgré sa réticence, Paul s'était retrouvé sous le feu nourri des questions et avait été sommé de raconter des anecdotes croustillantes sur le monde du showbiz. Il s'était acquitté de la tâche de bonne grâce, se promettant d'inverser la tendance le lendemain. C'était chose faite. François, à son tour, s'était livré.

— On était dégoûtés, tu comprends, combien de fois MSF s'est vu refuser le droit de soigner certaines catégories de populations, même de simplement donner des couvertures, des chiffons… Avec Mariam, combien de fois avons-nous été témoins de rafles opérées par l'armée éthiopienne…

— L'ingérence sur le pays avait peut-être été trop forte, trop visible pour les autorités, tenta de comprendre Paul. C'était un aveu d'impuissance pour eux.

Mariam s'agita.

— Ce n'était pas la vraie raison, réagit-elle d'une voix douce. Quand MSF a proposé à plusieurs reprises d'ouvrir un centre de nutrition thérapeutique à Kelala, avec notre soutien et l'aval des médecins éthiopiens, ce qui aurait sauvé des milliers de vies, le gouvernement a refusé. Mais il vaut mieux ne pas essayer de s'infiltrer dans le cerveau d'un monstre comme le colonel Mengistu…

— Ouaip, coupa François, il n'est pas rare que les salauds fassent des saloperies ! Après de telles expériences, aussi douloureuses, on peut comprendre que certains hommes de bonne volonté baissent les bras.

— Tu n'es jamais retourné là-bas ?

— Si, pour aller chercher Mariam et l'épouser après mon divorce.

Puis ce fut une vie française où, aidé de sa nouvelle épouse qui ne nourrissait à l'endroit de la bourgeoisie du Vésinet aucune ambition, il s'occupa de créer un dispensaire pour accueillir la misère en mauvaise santé, qu'elle soit d'ici ou d'ailleurs. Ce fut à cette occasion qu'il avait renoué des contacts avec Agnès Bonneterre/Delcroix, qui avait des fonctions satellites au ministère de la Santé.

— Toujours dans l'humanitaire finalement, résuma Paul.

— Dans l'humain, tout simplement… Quand on a vu des milliers d'hommes et de femmes mourir devant ses yeux, avec un sentiment terrible d'impuissance, tellement de choses deviennent futiles après.

— Tu me donnes des frissons, François… En regard de tout ce que tu as fait, on se sent peu de chose.

— Tu plaisantes ! Après une carrière comme la tienne ?

— J'ai diverti, tu as sauvé… On n'a pas joué dans la même cour.

— On a pourtant *joué* dans la même cour, s'amusa François.

— Je crois garder un peu de lucidité pour ne pas être d'accord. Entre Hervé Charolles qui montre les fracas du monde, toi qui les répares et Dussalier qui les recueille, j'ai l'impression d'avoir œuvré pour la futilité en ce bas monde.

— Tu te trompes, Paul. Le divertissement n'est pas futile, il est nécessaire au bien-être des individus, il les apaise, les détourne un moment de la tragédie et du chaos du monde… Pourquoi, depuis la nuit des temps, l'homme s'évertue-t-il à amuser son contemporain, son alter ego ? Le sourire est le meilleur onguent pour sécher les larmes et le rire pour évacuer les peurs. Non, crois-moi, je ne vois pas de futilité là-dedans.

Paul se tut, jugeant plus sage de ne pas argumenter contre lui-même.

— Je n'oublie pas non plus, reprit Contini, que dans ta grande frivolité, tu as donné plusieurs fois la parole à Sœur Emmanuelle, une sainte femme…

Paul ne put s'empêcher un petit rire.

— C'est mon procès que tu fais... mon procès en béatification ! Stop, je n'ai pas d'avocat.

— Dites, les garçons, s'invita soudain Suzanne, ce sont les retrouvailles de copains d'école ou l'inventaire des bonnes et des mauvaises actions ? Si vous nous parliez plutôt de vos conquêtes de l'époque ? Si j'en crois Paul, François était un de ses plus rudes adversaires... Je suis sûr que Mariam serait ravie d'apprendre des choses.

— Certainement pas, fit François, nous sommes des gentlemen, nous sommes capables de décrire Sophia Loren sans faire un geste.

— Exactement, convint Paul, hilare, et en tant que tel, je ne voudrais pas nuire à la réputation usurpée de monsieur Contini, de plus grand séducteur du collège Jules-Ferry ! Il y a des légendes qu'il vaut mieux laisser briller !

— Quel salaud !

Le ton était léger, détendu, frais.

Pour la première fois, Saran ressentait le véritable plaisir des retrouvailles. Pour la première fois, François Contini lui apportait ce qu'il avait cherché dans cette quête, légèreté et réflexion.

Le téléphone sonna.

Paul s'excusa et s'isola un instant pour répondre.

C'était Jérôme. Il avait eu un mal de chien à retrouver le dernier de la liste parce que des Dupeyron, il y en avait à la pelle, des pleines brassées. Mais sa ténacité semblait avoir payé et il avait mis la main sur une certaine Sylvie Dupeyron qui habitait Saint-Malo. Elle était journaliste et travaillait au journal de l'ouest, *Le Télégramme*. Paul réagit. C'était elle à n'en pas douter. Il se souvenait des vacances malouines de Renaud et de sa dulcinée bretonne dont il brossait toujours un portrait dithyrambique. À l'entendre, il avait séduit la future miss Bretagne. Le couple habitait 1 rue Toulier, près de l'*Hôtel du Grand Bé*. Le téléphone, 06 72…

— Merci, Jérôme, tu es le meilleur !

Paul réintégra la table où François avait déjà organisé la prochaine étape de la journée : une visite dans le quartier de la Garbatella, où Emma était née en 1924. Une petite surprise que Paul remercia d'un sourire reconnaissant.

Les deux couples quittèrent le quartier du Trastevere, traversèrent le Tibre, Ponte Sublicio, traversèrent le parc de la résistance, piquèrent vers la gare Ostiense et déambulèrent tranquillement vers la Garbatella où le roi Victor-Emmanuel avait voulu en son temps (1919) offrir des logements dignes aux classes populaires. Cela répondait au concept de cité-jardin ouvrière.

L'endroit était paisible, loin de la fourmilière du centre de Rome. Bien sûr, ces constructions de « baroque moderne », où se nichaient par endroits quelques gargouilles gothiques, avaient été réinvesties depuis plusieurs années par une bourgeoisie fortunée, mais avaient toutefois échappé à une « boboïsation », la Garbatella ayant été rachetée par ses habitants dans les années quatre-vingt. L'ADN ouvrier de l'endroit s'était peu à peu transformé en une sorte de petit village composé d'immeubles à deux étages, de maisons colorées, de jardinets touffus aux figuiers de barbarie, de petites places silencieuses décorées de pins parasols et de fontaines exubérantes.

Paul connaissait bien l'endroit. Il y était déjà venu plusieurs fois et avait bien sûr emmené sa mère. Malgré tout, un souffle de nostalgie le traversait.

— Je vous sens ému, Paul.

C'était Mariam. Belle, élancée, sportive, les cheveux presque rasés, les traits fins et le sourire large, le temps ne paraissait pas avoir eu d'emprise sur elle. Peut-être avait-elle quelques années de moins que François, mais ils formaient un couple rayonnant pourvu d'une énergie solaire.

— Ici je ne peux pas m'empêcher de penser à Emma. Emma petite fille, cette petite fille qui avait devant elle tout un monde à découvrir… C'est une sensation étrange de penser à sa mère, enfant. J'imagine qu'elle a couru dans ces rues, qu'elle a ri, pleuré. Quelque part, derrière un de ces murs, elle a préparé le dîner pour son père, elle a repassé ses vêtements. Tout ici me rapporte à ces images et c'est certainement le moment et le lieu où je me sens le plus proche d'elle. Tout me ramène à cette enfant qui ne pouvait pas avoir conscience du destin qu'elle aurait…

— Tu crois au destin ? intervint François.

Paul éluda la question pour ne pas fondre dans la mélancolie.

— C'est un lieu magique.

— Quand nous nous sommes installés à Rome, exprima François, nous voulions habiter ici… Il y a ce parfum de *Dolce vita*. Malgré un changement de population, c'est resté dans son jus. Mais nous n'avons pas trouvé de maison avec terrasse. Et vivre à Rome sans terrasse, c'est presque une faute de goût.

— Connaissez-vous la fontaine Carlotta ? questionna Mariam.

— Non, avoua Suzanne.

Il s'agissait d'une antique fontaine, petite mais célèbre, qui se trouvait au pied de l'escalier des amoureux. Il fallait y boire trois gorgées d'eau, faire un vœu et, après, la vie à deux promettait un ciel sans nuages.

— Inutile de vous dire, compléta François, que Mariam et moi nous y sommes abreuvés comme des chameaux.

Mariam proposa d'aller y faire une petite visite. Paul déclina l'offre, prétextant un mal de genou, mais il insista pour que Mariam emmène Suzanne.

— Très bonne idée, ma chère Mariam, acquiesça Suzanne, en fine stratège, laissons donc nos hommes reposer leur vieille carcasse, ils doivent avoir des tonnes de choses à dire loin de nos chastes oreilles.

Cinq minutes plus tard, les deux hommes étaient seuls, assis sur un banc à l'ombre d'un cyprès et s'observaient en silence, un demi-sourire teinté d'ironie, accroché aux lèvres.

François n'avait pas besoin de parler car il savait intuitivement que Paul le ferait. Son vieux copain n'était pas venu jusqu'à Rome ni jusqu'à lui sans raison. Ses yeux rieurs disaient : « Alors ? Je t'écoute. »

Paul se lança, choisissant l'effet de surprise sur un ton de mélodrame.

— Qu'est-ce que je ne devais pas savoir, François ?

L'étonnement d'abord.

C'est ce que Paul lut dans le regard de son ami. C'était naturel… Puisque cela faisait cinquante-sept ans que cette question aurait pu lui être posée.

— Je ne comprends pas.

— En juin 1965, dans le préau de l'école Jules-Ferry à Bagneux, il y a eu une remise de prix… Je peux même te dire que tu as reçu celui de mathématiques et qu'on t'a offert *Les Trois Mousquetaires* en récompense.

— Fichtre ! Comment peux-tu te souvenir d'un détail pareil ?

Paul ne répondit pas que l'hypermnésie de Dussalier l'avait beaucoup aidé.

— Je peux te dire aussi que tu étais assis au deuxième rang à la droite de ma mère.

— Si tu le dis...

— Ce jour-là, on nous a également remis les photos de classe... Tu sais, les individuelles et celles de groupe.

— Peut-être, oui... Mais quelle importance ?

— Ce jour-là, Emma, ma mère, a écrit une phrase au verso d'une photo. Et cette phrase t'était adressée, François.

Contini secoua sa tignasse blanche.

— Mais qu'est-ce que c'est que cette histoire ? Et ce ton dramatisant que tu prends ? C'est ridicule. On a l'impression que tu mènes une enquête de police.

— Plutôt une quête.

Paul sortit la photo de sa poche, la retourna et la mit sous le nez de Contini.

— Alors, François, qu'est-ce que je ne devais pas savoir ? réitéra Saran.

Contini resta silencieux un long moment, allant du recto au verso dans un geste nerveux. Puis il releva les yeux.

— Écoute, Paul, je suis désolé, mais je ne me souviens absolument pas de ça... Comment peux-tu affirmer que cette injonction m'était adressée ? Rien ne le démontre.

Paul résuma les réminiscences cumulées de Vincent Bonneterre et de Guillaume Dussalier, parla de la formidable mémoire de « Buffalo Bill » et de son souvenir précis d'Emma montrant la phrase à François.

— Je comprends, mais je n'ai vraiment aucun souvenir de cette histoire. Dussalier doit se tromper... Je suis désolé.

Saran ne répondit pas, essayant de surmonter sa déception.

— C'est si important que ça, Paul ? Tu m'as l'air totalement dépité.

— Tant pis. Ce n'est pas grave, c'est juste que… j'aurais vraiment voulu savoir avec lequel de mes copains ma mère avait partagé son secret ou un bout de son secret… Ce n'est pas anodin !

— C'est pour ça que tu recherches la bande ?

— Disons que c'est le bout du chemin et que le chemin, c'est vous, mes vieux copains. Et je crois que je l'aime ce chemin.

— Mais tu n'as pas revu tous les potes ?

— Il ne reste plus que Renaud Dupeyron. Tu te souviens de Renaud ?

— Le boulimique ? Bien sûr. Boulimique et timide. Qu'est-ce qu'il devient ?

— Je ne sais pas encore, je viens juste de retrouver sa trace… Au téléphone, tout à l'heure, c'était Jérôme, l'enquêteur de mon émission *Comme on se retrouve*, une pointure. Apparemment, Dupeyron habiterait à Saint-Malo.

Grand sourire de Contini.

— *Grazie mille* ! Le voilà le bout de ton chemin ! Ça ne peut être que lui…

— J'imagine.

— Écoute, je te propose de rejoindre nos femmes, de boire quelques gorgées d'eau à la fontaine et de faire un vœu. Avec un peu de chance, ça marchera aussi.

> Cher Renaud, c'est Paul Saran, je suis en train de reconstituer la bande de la 3e B, j'ai déjà retrouvé Guillaume, Hervé, Vincent, François, Serge et j'aimerais te revoir… Pourrions-nous convenir d'un rendez-vous ? Ton endroit sera le mien. Amicalement. Paul

## Chronique 211 - 2001
## Gérard Lanvin

Je suis récemment tombé sur une interview de Paul où il parlait de sa longue complicité avec Gérard Lanvin, rencontré dans une émission qui s'appelait alors *Un dimanche, une vie*. L'acteur y était présent aux côtés de Michel Piccoli et de Nathalie Baye pour y faire la promotion du film *Une étrange affaire* de Pierre Granier-Deferre. Film magistral tiré du roman de Jean-Marc Roberts, *Affaires étrangères* (prix Renaudot 1979), qui démonte le principe de manipulation psychologique entre un patron et son employé. Je ne reviens pas dessus. Cette émission date de 1982 et on peut se rapporter à la chronique 126 que j'avais faite à l'époque.

Ce que j'ai particulièrement apprécié dans cette interview de Paul, c'est son rapport à l'amitié. Gérard Lanvin et lui ne sont pas tombés dans les travers d'un milieu de mondanités, d'hypocrisie, de façades idiotes… Ils ne sont jamais tombés dans les rets de ces pommadeurs de cocktails qui s'envoient du « chéri » à tout va et qui tentent, pour les pires d'entre eux, de briller sans fard autour des piscines de Saint-Tropez. Paul comme Gérard ont fait le choix de se « cacher » en famille, de préférer les arrière-pays aux arrière-pensées. Ces deux « sauvages » d'un monde si public ne se sont jamais perdus de vue et ont toujours nourri un respect commun entre eux.

# 18

# Cœur corsaire

*Fuveau – Aujourd'hui.*

Les fêtes de fin d'année s'étaient déroulées agréablement, en famille. Suzanne et Paul avaient reçu leurs enfants et petits-enfants et la tradition de Noël avait été respectée dans la bonne humeur. À l'exception de Suzanne, personne n'avait remarqué le léger agacement qui avait agité Paul. Bien sûr, le bonheur de ses petits-enfants avait adouci sa déception, mais il s'était senti comme floué de quelque chose. Ces dernières semaines de recherche l'avaient galvanisé, comme remis sur des rails, et le sentiment du « travail » non achevé le taraudait.

Suzanne avait été intraitable. Noël était sacré et il n'était pas question de se laisser envahir par cette histoire et de ne pas profiter de l'enchantement des petits. Il y avait la trêve des confiseurs, il y aurait la trêve des souvenirs !

Soit…

À présent, janvier prenait place.

La maison était vide, le silence reposant. La télévision crachait en sourdine des informations que Paul, dans son canapé, n'écoutait pas, n'entendait pas, absorbé qu'il était dans ses réflexions.

« *Je n'ai vraiment aucun souvenir de cette histoire. Dussalier doit se tromper… Je suis désolé.* »

Ces mots définitifs prononcés par François Contini résonnaient encore comme un glas. Quelle déception !

Les témoignages de Bonneterre et de Dussalier s'étaient si bien enchaînés, s'y bien emboîtés… Le doute n'était pas permis. C'était bien François qui était à la droite d'Emma et c'était bien à lui qu'elle s'était adressée… selon le souvenir, soi-disant infaillible, de Buffalo Bill, bien sûr. Seulement voilà, il fallait se rendre à l'évidence, il y avait des trous dans l'hypermnésie de Dussalier, des trous de mémoire. Il s'était trompé et le mystère restait entier.

À présent, seul Renaud pouvait être le détenteur du secret. Dès son retour d'Italie, Paul lui avait laissé plusieurs messages qui étaient hélas restés sans réponse. Peut-être ne souhaitait-il pas reprendre contact. Y avait-il derrière Dupeyron un autre Hervé Charolles ?

Dans un contexte différent, Saran n'aurait pas insisté, mais il était allé trop loin pour reculer.

Il ne restait plus qu'un voyage, qu'une rencontre, et le coffre d'Emma se refermerait.

Comme un dernier message jeté à la mer, il composa un nouveau SMS.

> Cher Renaud,
> Je me permets d'insister, car j'ai réellement besoin de te voir. Je serai à Saint-Malo dans quelques jours. Penses-tu qu'on pourrait s'y rencontrer ?
> Dis-moi si c'est ok pour toi. Paul.

C'était la dernière bouée. Sans réponse de Dupeyron, la petite valise d'Emma se refermerait sur son secret et Paul ne saurait jamais ce qu'elle tentait de lui dire. Car il s'en était persuadé au fil de sa quête, le hasard n'y avait pas sa place. Sa mère voulait lui dire quelque chose. D'abord le livre, *La Lettre*, avec tout ce qu'il avait fait rejaillir de témoignages, d'impressions, d'émotions, de réflexions, puis le coffret, la photo, ce mot griffonné… Et ensuite ce besoin de savoir, ce désir de retrouver les copains et de leur demander : « Alors ? C'est toi ? Qu'est-ce qu'Emma ne voulait pas que tu me dises ? »

Pour Paul aujourd'hui, tout cela apparaissait comme quelque chose de trop simple, presque scolaire, comme une petite lubie ou un caprice de sexagénaire. Cette quête, c'était autre chose, forcément autre chose !

Le *cling* caractéristique d'un SMS qui vient de tomber, tinta.

Instinctivement, Paul retint sa respiration.

> D'accord. Mardi prochain, 17 heures, au salon de l'hôtel Antinéa.

*

*Saint-Malo – Hôtel Antinéa.*

Sur Saint-Malo, cité corsaire par excellence, patrie de Surcouf, joyau de la Rance, la tempête sifflait comme une vieille micheline. La lumière de janvier, froide mais changeante, donnait un ton marron à ses remparts, ultime vestige d'une cité qui avait été ravagée par les obus alliés lors de la dernière guerre.

Depuis quelques jours, les indices de tempête avaient effrayé les touristes, fermé les échoppes et les habitants s'étaient retranchés chez eux. Les rues de l'intra-muros étaient désertes, chose rarissime dans cette ville qui accueillait les touristes comme une baleine mange le plancton.

Paul et Suzanne avaient pris une chambre au *Grand Bé*, le seul hôtel de la ville qui voulait bien accueillir leur chienne Véga. Il faut dire que Véga n'était pas une chienne de salon, mais un bearded collie de belle taille, qui pouvait faire reculer les propriétaires d'établissement les mieux disposés.

Le couple avait sorti les cirés jaunes, les bottes et les bonnets, les parapluies ayant une durée de vie proche de zéro avec un tel zéphyr. Ils quittèrent les remparts, orgueil de la cité malouine, et gagnèrent le Sillon où ils longèrent la grande plage. Véga faisait des pattes et des pattes pour gagner la plage et s'y ébattre, mais les vagues fracassantes interdisaient toute approche raisonnable.

Suzanne ne souhaitait pas rencontrer Renaud Dupeyron. Elle préférait que Paul profite seul de ce premier contact. Il aurait toujours loisir de l'appeler après, si un dîner se programmait. Elle ne voulait pas prendre le risque d'assister à une rencontre sur le ring façon Charolles/Saran. De plus, Véga n'étant pas la bienvenue dans l'établissement, elle continuerait sa balade sur le Sillon, en savourant la beauté de la tempête.

Dont acte.

*L'Antinéa* était un hôtel de charme disposant d'une salle de restaurant qui donnait directement sur la mer. D'immenses baies vitrées se faisaient fouetter par les vagues.

17 heures.

Dehors, c'était entre chien et loup.

La salle était presque vide à l'exception d'un jeune couple. Saran choisit une table de l'autre côté de la salle et s'assit face à l'entrée. Il commanda un thé noir.

17 h 10.

Toujours personne.

Chamade.

Il commençait à s'inquiéter. Il avait joué la carte de la confiance… Peut-être avait-il eu tort ? Il aurait dû appeler, confirmer.

À 17 h 20, un homme entra et s'ébroua, trempé. Saran l'observa. La soixantaine, chauve, presque élégant. Dupeyron ? Non, trop jeune. Il fut rejoint par une femme qui ressemblait à un mannequin pour bijouterie bon marché ; ils choisirent un autre coin de la pièce. C'était amusant, songea Paul, dans ce type de situation, il y a deux écoles, celle qui consiste à s'éloigner le plus possible des autres, et celle qui commande de s'en rapprocher au maximum au détriment de toute tranquillité.

Le brouhaha s'enfla un peu.

17 h 30. La silhouette d'une femme fit son apparition. Elle balaya l'espace du regard. Paul soupira et regarda la mer.

— Monsieur Saran ?

Il leva la tête, surpris.

La femme venait de rejoindre sa table. C'était une septuagénaire. Son corps très maigre flottait dans un ciré bleu marine ; ses cheveux gris étaient tirés en arrière, retenus par une queue-de-cheval et un bandeau noir masquait son front. Elle avait des joues creuses et des grands yeux verts mélancoliques. Elle se tenait droite et fragile, son frêle squelette légèrement penché sur la gauche, emporté par le poids d'une sacoche en cuir qui paraissait peser une vie.

Paul se leva par réflexe.

— Monsieur Saran, je suis Sylvie Dupeyron.

Ils se serrèrent la main.

Paul la fit s'asseoir en face de lui. De prime abord, il pensa qu'elle arrivait avec un peu d'avance sur son mari, ce qui le déçut un peu… Il aurait préféré voir Renaud seul.

Ils se sourirent, un peu gênés.

— Je suis très heureux de vous rencontrer, madame Dupeyron, amorça Paul, conscient de la banalité courtoise de sa phrase.

— Sylvie…

— Sylvie.

— J'espère que vous ne m'en voudrez pas, monsieur Saran… J'ai failli ne pas venir.

— Aucun problème, Sylvie. Je pense que Renaud souhaite votre présence, c'est le plus important.

Elle baissa la tête.

— Renaud ne viendra pas.

Silence.

— Il ne veut pas me voir ? déglutit Paul.

— Oh si, il aurait tellement aimé…

— Je ne saisis pas.

— C'est moi qui ai répondu au SMS. J'ai longtemps hésité… Et jusqu'à tout à l'heure, je me suis posé la question du bien-fondé de ma démarche.

Paul sentit une boule se former au creux de l'estomac. Il commençait à comprendre.

— Vous voulez dire que…

— Oui, Renaud est mort.

Sylvie Dupeyron releva la tête et dévisagea Saran de ses grands yeux noyés de larmes.

— Il y a deux mois… Un cancer des poumons.

Elle faisait des efforts pour ne pas éclater en sanglots.

— Il a été fort, vous savez.

Paul posa sa main sur la sienne, ne sachant pas quoi dire pour être à la hauteur de son chagrin.

— Je n'ai pas encore eu le courage de résilier le contrat de son téléphone, reprit-elle, et je vous ai répondu parce que… il vous aimait beaucoup et il aurait tellement aimé avoir votre message.

Elle serra la sacoche en cuir qu'elle tenait sur ses genoux.

Paul serra les lèvres. Cette phrase lui cingla le cœur. Pourquoi n'avait-il pas appelé plutôt ?

Une jeune femme vint prendre sa commande. Elle prit également un thé noir. Elle avait momentanément réussi à chasser ses larmes.

— J'espère ne pas être indiscrète, mais pourquoi vouliez-vous voir Renaud après toutes ces années ? J'ai cru lire une sorte d'appel au secours dans votre dernier message.

*Pourquoi pas ?* songea Saran. Un appel au secours pourrait paraître un peu exagéré, mais s'il réfléchissait bien à la quête qu'il avait entreprise ces dernières semaines, il y avait mis une certaine urgence.

— J'aimerais d'abord que vous me parliez un peu de lui, si cela ne vous dérange pas.

Paul crut déceler comme un remerciement dans le regard de Sylvie.

Renaud, dès la fin de ses études, s'était exilé en Bretagne. Il avait brillamment passé ses examens de l'École normale et il était devenu professeur d'histoire. Il avait eu la chance d'être muté dans un lycée de Rennes. Mais l'ambition de sa vie, c'était Sylvie, cette jeune fille rencontrée pendant ses vacances d'été et pour laquelle il avait voué une passion sans concession.

— Je m'en souviens très bien, avait commenté Paul. Ado, il y a plus de cinquante ans, il nous parlait de vous comme du soleil de la Bretagne, à tel point qu'on croyait qu'il était tombé amoureux de la miss du coin…

— J'ai été élue Miss Bretagne en 1971.

Renaud n'avait jamais été un grand ambitieux sur le plan professionnel. Son bonheur, il le répétait à l'envi au point de la gêner, c'était sa femme, son alpha, son oméga. C'était une reine aux pieds de laquelle il fallait chaque jour déposer ses hommages.

— Vous devez sans doute trouver ça ridicule, monsieur Saran.

— Paul.

— Paul.

— Je trouve ça plutôt très beau au contraire.

— Ce n'était pas tous les jours facile à assumer. Renaud avait le sens de la conservation, collectionneur, archiviste dans l'âme, il notait tout, gardait tout… J'avais parfois l'impression d'être un papillon rare qu'il cajolait pour que je ne m'envole pas.

— Un papillon épinglé ?

— Non, caressé.

Sylvie avait fait sa carrière au journal *Le Télégramme* comme journaliste au service Culture. Renaud avait finalement réussi à être muté dans un lycée de Saint-Malo, ville où ils vécurent cinquante ans, sans démons ni merveilles. Une vie simple et réglée comme le flux et le reflux de leur décor. Ils avaient eu un fils, Julien, devenu contrebassiste de jazz, qui vivotait de cabarets en disques sans succès… Mais il était heureux, lui aussi. Atavisme puissant. À une époque, Renaud avait eu l'idée de reprendre contact avec Saran pour qu'il donne un coup de pouce à son fils, mais il n'avait pas osé. Du moins, il ne s'était pas senti légitime de le faire. On n'appelle pas un vieux copain d'école pour lui demander un service.

Saran détourna un instant le regard vers une vague plus forte qui venait de frapper la baie vitrée.

— Et vous, Paul, pourquoi vouliez-vous revoir Renaud ? Votre dernier message disait que vous aviez besoin de le voir… Avoir besoin, ce n'est pas la même chose qu'avoir envie.

Touché.

Paul se livra sans concessions, n'omettant rien des dernières semaines, de ses rencontres, de ses attentes, et de cette idée qui s'était peu à peu infiltrée en lui… Cette certitude qu'il avait qu'Emma lui avait envoyé un signe et que tout cela ne pouvait pas être le fruit du hasard. Pourquoi l'avait-elle envoyé sur les traces de ses vieux amis ? La réponse commençait à poindre lentement dans l'esprit de Paul.

— Quelle histoire émouvante, fit Sylvie Dupeyron d'un ton mélancolique.

— Une histoire sans fin, hélas, qui s'achève avec la disparition de Renaud… C'était le dernier espoir. C'est certainement à lui que ma mère s'adressait. Elle lui a demandé quelque chose, une chose qu'il devait me taire et que je ne connaîtrai jamais.

— En tout cas, reprit Sylvie, Renaud n'a jamais fait allusion à cette histoire devant moi. Je… je ne sais si cela peut vous aider, mais j'aimerais vous remettre quelque chose.

Sylvie Dupeyron ouvrit la vieille sacoche d'école qu'elle tenait sur ses genoux et en sortit une épaisse chemise qu'elle posa sur la table.

— C'est une partie des notes que Renaud prenait... Celles-ci vous concernent.

Saran ouvrit la chemise.

— Il vous a suivi pendant trente ans. Mais il ne se contentait pas de regarder vos émissions, il les chroniquait, méthodiquement, semaine après semaine, les décortiquait, les commentait.

Paul n'en revenait pas.

— C'est fou !

— C'est souvent ce que je me disais... mais c'était un amoureux de l'histoire, surtout de *l'Homme* dans son histoire et je crois qu'il essayait d'analyser la sociologie contemporaine au travers de vos émissions. Je dois vous avouer, Paul, que pour ma part je n'ai jamais été une grande consommatrice de télévision, mais il avait toutefois réussi à m'entraîner vers un jeu que vous animiez...

— *Mot de passe*...

— Oui, j'aime les mots. Je suis une lectrice compulsive.

Paul fit défiler les feuilles. Chaque page était datée et faisait l'objet d'une chronique. Il y en avait des centaines... C'était à donner le tournis. Un travail titanesque !

— Je vous ai dit, Paul, annoter, chroniquer, analyser, c'était une véritable marotte chez lui.

— Mais c'est le travail de toute une vie !

La veuve de Renaud en convint avec un léger soupir. Paul y décela peut-être un peu d'exaspération.

— Vous savez, Sylvie, c'est émouvant pour moi de vous rencontrer, de m'apercevoir, par-dessus le gouffre des années passées, que j'ai l'impression de vous connaître... Que la voix de Renaud résonne encore en moi quand il rentrait de vacances et qu'il nous parlait de sa princesse bretonne. Je me souviens très précisément que vous étiez son unique sujet de préoccupation.

Paul exagérait un peu, bien sûr, ses souvenirs étaient légèrement plus flous, mais il sentait que cela faisait du bien à cette femme qui allait devoir passer ses jours futurs à combler un vide.

— C'est gentil, sourit-elle, je lui ai souvent dit de vous contacter. Il répondait tout le temps : « Un jour, peut-être… »

Saran referma la chemise.

— Je ne peux pas accepter, Sylvie… C'est à vous.

— Non, Paul, son travail vous revient et puis… allez savoir si au cœur de ces milliers de lignes, il ne fait pas allusion à l'histoire de votre photo ! Je ne me sens pas le courage de lire tout ça. Et je crois sincèrement que c'est ce qu'il aurait voulu.

Saran n'eut pas l'indélicatesse d'insister.

— J'ai une dernière chose à vous demander, Sylvie.

— Je vous écoute.

— Le mois prochain, j'organise un repas de retrouvailles chez moi à Fuveau avec les vieux copains de la 3ᵉ B et ce serait un immense plaisir que vous soyez là, parmi nous…

Elle sourit timidement.

— Pour combler l'absence de Renaud en quelque sorte ?

— Pour nous combler de votre présence, plutôt.

# 19

# Un train de souvenirs peut en cacher un autre

*Fuveau – Aujourd'hui.*

Les Saran étaient rentrés à Fuveau avec un cœur lourd dans leurs bagages, celui de Paul. Dans le voyage de retour, ils avaient peu parlé. Cette quête resterait sans réponse et le sentiment de frustration était proportionnel à l'énergie que Paul avait déployée dans cette course aux souvenirs. Il s'était peu à peu persuadé que, derrière le visage d'une admiratrice, dans le secret d'une mallette oubliée ou dans une phrase mystérieuse griffonnée au verso d'une photo, c'était autant de signes que lui avait envoyés Emma ; que cette petite valise, c'était une boîte de Pandore qu'il avait ouverte, non pas pour répandre tous les maux sur le monde hormis l'espérance, mais pour découvrir quelque chose, pour *se* découvrir…

À présent, étalées devant lui, ces centaines de chroniques qui retraçaient sa carrière et qui mettaient celle-ci en perspective avec l'histoire de ces cinquante dernières années… C'était une valse folle, une ronde infinie. Pour mener où ?

Aiguille dans une botte de foin !

Se pouvait-il qu'au milieu de cette production pléthorique, Renaud Dupeyron ait dévoilé le nœud de toute cette affaire ? Paul n'en avait pas l'espoir.

La maison était calme.

Véga dormait devant la cheminée le corps soulevé par quelques jappements sporadiques. Rêve canin où les lapins ne se posaient pas, mais se chassaient.

Légèrement souffrante, Suzanne était allée se coucher, laissant Paul dans son bureau où il épluchait les chroniques de Renaud. Il en profitait également pour prendre quelques notes. Il avait besoin de mettre sur le papier toutes ses dernières réflexions. Feraient-elles l'objet d'un récit, d'un livre ? Rien n'était moins sûr.

Son portable sonna qui transperça le silence.

Le nom de François Contini s'afficha. Il était 22 h 30. L'heure était tardive pour un appel. Paul décrocha avec une légère fébrilité. François l'appelait-il pour décommander sa venue au repas ?

— Paul Saran.

— *Contini. J'espère que je ne te dérange pas…*

— Salut François, non, toujours heureux de t'entendre.

— *Est-ce que tu as retrouvé Renaud ?*

Paul raconta sa rencontre avec la veuve de Dupeyron, l'émotion et ce testament magnifique qu'il lui avait, en quelque sorte, légué. C'était fou ! Fou et inimaginable.

— Mais il a emporté le secret d'Emma avec lui, soupira Paul.

— *Je ne crois pas, non.*

— Pardon ?

— *Non, je ne crois pas que Renaud ait emporté le secret avec lui, du moins, pas celui-là.*

— Qu'est-ce que tu veux dire ?

— *Je veux dire que ce n'est pas à lui que ta mère a adressé le mot.*

— Comment peux-tu en être sûr ?

— *Parce que c'est à moi qu'elle l'a fait.*

— Mais tu m'as dit…

— *Je sais, mon vieux… Je m'en veux, j'aurais dû prendre le temps de la réflexion avant de te répondre l'autre jour, mais…*

— Explique-toi, François, tu me fais bouillir !

*

*Bagneux – Collège Jules-Ferry – 1965.*

Au fond de la cour, les platanes frémissent à peine. C'est un vent léger, un zéphyr presque tiède qui ne refroidit rien. Les sixièmes, mioches braillards, essaient de ne pas froisser leur costume et les susceptibilités des mamans attentives, en jouant un football tout en retenue. Les mèches sont rebelles et les élégances un peu débraillées, mais la fête bat son plein. C'est le jour de la remise des prix. Faisant d'une pierre deux coups, c'est aussi le jour où monsieur Roussel, le photographe, est venu vendre les photos de classe. C'est un peu la foire aux moqueries et chacun y va de sa petite phrase assassine sur la coupe de cheveux de l'un ou la cravate ridicule de l'autre.

Sous le préau, dernier endroit un peu frais, une estrade a été dressée ; dessus, une longue table derrière laquelle trône doctement monsieur Richet, le directeur de l'établissement, le professeur principal, monsieur Louvois, et madame Jacquilain, la professeure de français, qui, le chignon vissé sur la tête, fait preuve d'une austérité déplacée. Un peu plus loin, dans une sorte de garde rapprochée, quelques enseignants font bloc face aux élèves de troisième. C'est leur dernière année à Jules-Ferry, ils n'en sont pas peu fiers. C'est autour de la 3e B de recevoir les honneurs.

Au deuxième rang, François Contini se sent un peu à l'étroit, coincé entre la minuscule madame Ruben au visage sévère et madame Clermont, mère de Paul, sur sa gauche. À côté d'elle, il y a Vincent Bonneterre qui n'arrête pas d'agiter son stylo-plume comme un trophée. Son anniversaire semble lui être monté à la tête. Si François se trouve un peu serré entre ces deux mères impatientes des résultats de leur progéniture respective, il est surtout agacé car il est porteur d'un message et il ne se sent pas à l'aise dans le rôle d'entremetteur. Devant lui, au premier rang, se trouvent Renaud Dupeyron et Paul. Ce dernier vient de se lever sur un signe de monsieur Louvois. Paul est le bavard de la bande. Qu'on lui donne un micro et les moyens de s'en servir et il saura tenir n'importe quel auditoire. Monsieur Louvois avait noté à plusieurs reprises son aisance pour développer les exposés en public. Il serait parfait pour annoncer les prix.

Paul est sur l'estrade, souriant et très à l'aise. Il s'est sans doute entraîné dans la remise de son père comme il en a l'habitude.

— Nous commençons par un premier prix d'histoire-géographie. Cette année, il est décerné à… Serge Ruben.

Applaudissements.

— Le collège Jules-Ferry est heureux de lui offrir un magnifique livre, *Le Masque de Dimitrios*, d'Éric Ambler.

Serge se lève et vient chercher son prix. Il se retourne vers l'assemblée pour saluer. Il s'entraîne déjà pour les Oscars.

François Contini en profite pour se pencher vers Emma Clermont, pose une main sur son bras.

— Madame Clermont… J'ai remis votre lettre à mon père. C'est d'accord… Il peut vous recevoir à son bureau jeudi matin à 10 heures. Il m'a dit de vous dire qu'il y aurait la présence d'une assistante sociale de la protection de l'enfance.

— Le premier prix de français est attribué à Christophe Lemonnier avec pour récompense *Pilote de guerre*, d'Antoine de Saint-Exupéry avec d'incroyables illustrations de Bernard Lamotte.

Emma est toute fébrile. Elle regarde autour d'elle, l'œil inquiet. Elle s'apprête à répondre au jeune Contini, mais elle aperçoit Paul qui revient s'asseoir au premier rang juste devant elle. Il la regarde, le rictus un peu fier, d'un air de dire, « alors, j'étais comment ? » Elle lui sourit timidement, il n'insiste pas et s'assoit. Emma demande à son voisin de gauche de lui prêter son stylo, mais Vincent Bonneterre se braque… Un stylo-plume tout neuf, c'est un peu comme une brosse à dents ! Elle lui prend des mains sans attendre une réponse franche. Elle détache la photo de son support cartonné, la retourne et trace quelques mots…

« Ne le dis surtout pas à Paul. »

François Contini n'est pas sûr de comprendre totalement la situation, mais il hoche la tête et fait mine de tirer une fermeture Éclair sur ses lèvres.

On rappelle Paul sur l'estrade.

Cette fois, c'est un prix de camaraderie qu'il va remettre.

Guillaume Dussalier sort grand vainqueur avec une somptueuse version du *Capitaine Fracasse* de Théophile Gautier.

*

*Fuveau – Aujourd'hui.*

— *Tu comprends… c'est si vieux. Il a fallu que je fouille dans mes souvenirs.*

Paul se sentait tellement ému…

— Mais si je comprends bien, ma mère voulait parler à ton père ?

— *Oui… Elle m'avait demandé un entretien avec lui.*

— Mais pour quelle raison ?

— *Aucune idée. Elle ne m'en avait pas du tout parlé… Et je ne me serais pas permis de lui demander. Tu te souviens, à cette époque, on n'avait pas les mêmes rapports avec les parents qu'aujourd'hui. Le poids des générations se faisait beaucoup plus sentir.*

— Mais que faisait ton père au juste ?

— *Mon père ? Ben, il était commissaire de police !*

Commissaire de police ? Pourquoi sa mère avait-elle eu besoin de contacter un commissaire de police à cette époque. Il revint à la mémoire de Paul une petite histoire de vitrine cassée qui avait failli déclencher un miniscandale dans la famille. Mais c'était un accident, une bêtise d'adolescent… Cela ne pouvait pas être à cause d'une telle broutille. Et la présence d'une assistance sociale de la protection de l'enfance ?

Paul restait silencieux.

— *Ça va, Paul ?*

Oui… oui… ça allait… Saran remercia chaleureusement Contini, puis raccrocha très vite. Il avait besoin de réfléchir, de poser les dernières cartes du « château » avant que tout s'effondre. Il sentait venir comme une fièvre. Un commissaire de police, la protection de l'enfance… Bien sûr, c'était évident… Il venait de comprendre.

Comme si le puzzle se mettait en place dans son esprit, Paul se sentit transporté cinquante-cinq ans plus tôt…

*

*Bagneux – Jeudi 24 juin 1965.*

Ce jeudi 24 juin, il est tôt, trop tôt. Quand Adrien rejoint Emma dans la cuisine où le café embaume déjà, il remarque son air fatigué.

— Que se passe-t-il ?

Rien. Elle n'a pas dormi de la nuit et prétexte l'étouffante chaleur de juin. Pourtant la chaleur n'y est pour rien. Emma est angoissée, car depuis la veille elle songe à son rendez-vous de la matinée, ce rendez-vous secret avec monsieur Contini qui dirige le commissariat de Bagneux.

Au fond d'elle, Emma s'en veut car elle joue la comédie… Oh, une comédie qui n'est pas bien méchante, mais qui passe néanmoins par le mensonge par omission. Lorsque Adrien l'embrasse sur le front avant de partir au travail, elle baisse les yeux de peur de trahir une émotion inhabituelle. Elle n'a jamais excellé dans l'art dans la dissimulation et elle craint de se trahir. Adrien est malin et il connaît bien son Emma.

Elle a connu tellement d'épreuves dans sa vie. Elle a fait de sa fragilité une force. Elle tient bon, reste impassible et quand Adrien quitte la maison, elle monte faire sa toilette et choisit ses vêtements. Il faut qu'elle soit élégante, mais pas trop. Un maquillage sobre lui donnera le sérieux nécessaire. Elle n'a pas l'habitude de ce genre de démarche et elle ne veut pas paraître ridicule.

Le rendez-vous n'est que dans une heure, mais elle s'impatiente. Elle part en avance. Elle a envie d'en finir au plus vite, tout en se disant que son geste est fou… qu'elle n'a pas le droit de faire une chose pareille. Mais c'est plus fort qu'elle. C'est son enfant, elle veut savoir, elle doit savoir.

Au commissariat, on la fait attendre un peu. Elle est gênée, timide et impressionnée. Ce n'est pas un endroit pour elle. Elle jette des petits regards à droite, à gauche… Il ne faudrait pas qu'on s'imagine des choses… Et si elle rencontrait quelqu'un qu'elle connaît ! Elle le réalise seulement maintenant, commence à paniquer, se dit qu'elle doit partir… Mais non, le commissaire Contini la connaît.

La porte d'un bureau s'ouvre et un petit homme tout sec en sort. Il a les cheveux très noirs et gominés. Emma se raidit. Il porte une petite moustache à la Errol Flynn comme les jeunes Italiens en portaient à une certaine époque, comme en portait Roberto, son premier mari. Des mauvais souvenirs l'accablent soudain. Mais l'homme s'approche d'elle avec un grand sourire, plein de gentillesse et de bienveillance. Il lui tend la main.

— Madame Clermont, je suis très heureux de vous rencontrer.

Emma se sent tout de suite à l'aise, elle respire. Cet homme est charmant, sa voix est douce, ses attentions prévenantes.

La porte du bureau se referme sur elle.

— Asseyez-vous, je vous prie.

Elle s'assoit face au bureau, les jambes bien serrées, les mains jointes sur les genoux comme si elle voulait se faire le plus petit possible. Oiseau fragile. Le commissaire Contini la regarde avec un sourire de compassion.

— Je ne vous cache pas, madame Clermont, que votre courrier m'a bouleversé. Votre histoire est incroyable, mais je dois vous avouer que je ne sais pas trop comment vous aider.

Emma relève la tête.

— J'ai besoin de savoir, monsieur le commissaire... Je veux savoir où est mon fils, ce qu'il devient. Peut-être qu'il a besoin de moi.

— Vous savez, Emma... la police traque surtout les criminels et s'occupe de la sécurité de la population.

— Vous ne recherchez jamais les gens qui disparaissent ?

— Si, bien sûr. Mais en la matière, votre fils n'est pas considéré comme disparu. Il est avec son père en toute légitimité...

— C'est un homme violent.

— Oui... Nous avons une assistance sociale ici qui s'occupe de la protection de l'enfance. Quel âge à votre fils ?

— Il est né en 1944.

Le commissaire fronce les sourcils.

— Mais il aurait aujourd'hui 21 ans ! Il est majeur... La police sera impuissante, madame Clermont.

Emma ne répond pas.

— Peut-être pourriez-vous prendre les services d'un détective privé, proposa le commissaire, ce sont des choses qui se font.

Elle secoue la tête.

— Je n'ai pas les moyens et... je ne veux pas que cette histoire parvienne aux oreilles de ma famille. Mon mari ne le supporterait pas.

— Je comprends.

Sur sa chaise, Emma semble de plus en plus écrasée.

— Écoutez, madame Clermont, je ne vous promets rien, mais je vais essayer de faire quelques recherches... Ce sera officieux.

— Et discret ? Je veux protéger mes autres enfants de cette histoire et leur laisser l'insouciance de la jeunesse que je n'ai malheureusement pas connue moi-même.

— Très discret.

Enfin un sourire.

Le commissaire Contini se lève, imité par Emma.

— Merci, monsieur.

*

*Fuveau – Aujourd'hui.*

L'évidence se faisait jour. Emma n'avait pas, en mère indigne, abandonné son enfant aux aléas de la vie et d'un premier mari violent, égoïste et pervers... Non, au contraire, toute sa vie, sa deuxième vie, elle avait tenté tout ce qu'elle avait pu pour retrouver son fils perdu. Elle l'avait fait discrètement, modestement, avec le peu de moyens dont elle disposait. C'était cela qu'elle avait secrètement demandé à monsieur Contini, oui... de l'aider à retrouver son fils. Et tout cela loin des oreilles de son autre garçon. « Ne le dis surtout pas à Paul... » Ne dis pas que j'ai pris un rendez-vous avec ton père, avec la police !

Alors, oui, cette phrase griffonnée à l'emporte-pièce avait été le déclencheur de cette quête pour Paul, pour savoir, comme dans un jeu de piste policier.

À présent, il revenait d'une course aux amitiés perdues… aux amitiés retrouvées… Il s'était senti bien, il s'était senti lui-même, loin des apparences du spectacle, déshabillé des atours de la notoriété et de ses satellites futiles.

Emma lui disait-elle de lâcher les amarres, de laisser filer le bateau ?

Oui, c'est ce que Paul pensait à présent. Il ne voulait plus être au centre, mais autour. Toute sa vie, la famille avait été son point d'ancrage, cet îlot de sécurité qui lui avait permis de se ressourcer, de se recentrer, de rester les deux pieds dans la réalité, mais il était conscient aussi d'une forme de cécité face aux autres, parce qu'il se savait l'objet de mille attentions… Comment l'avait-on trouvé dans sa dernière émission ? Ne souriait-il pas trop ? L'aimait-on assez ? Son concept était-il vraiment original ? Moi, mon travail, ma carrière, mon ambition !

Dans la réussite médiatique, il y a toujours un prix à payer. Beaucoup laissent leur femme et leurs enfants sur le pavé de la vie. Cela n'avait pas été le cas de Paul… Mais avec ses amis ? Avait-il été présent ? Les avait-il suffisamment écoutés, vus, aidés ?

Avait-il, contre son gré, donné l'image d'un homme égoïste, ou narcissique, enfermé dans cette fameuse tour d'ivoire de laquelle le « vrai monde » vous échappe ? Mais comment faire autrement quand la soif de réussir vous brûle ? Comment réaliser sa passion en cultivant le « en même temps », en ménageant la chèvre et le chou ? Comment faire croire que l'on est le meilleur dans sa branche si on ne le croit pas soi-même ?

Finalement, par cette photo que Paul ne voulait pas voir comme le fruit du hasard, Emma ne lui disait-elle pas tout simplement de retrouver ses amis, sa jeunesse, son insouciance ?

Saran était allé au bout de ses recherches, de sa quête et comme pour tous les graals, il se rendait compte que la destination, le résultat, n'avaient que peu d'importance, que seul le chemin était important.

La maison était baignée d'un silence réconfortant et Paul se sentait une formidable énergie. Aucune envie d'aller se coucher. Il voulait continuer de lire, de dévorer ces milliers de lignes, comme absorbé par la lecture d'un *page turner*. Il les picorait une à une sans se soucier d'une quelconque chronologie. C'était une sensation tellement étrange de découvrir le regard d'un autre sur sa propre vie professionnelle, un regard presque impudique qui se laisse porter par ses propres sentiments. Il y avait de l'admiration, de la bienveillance, mais aussi de l'agacement, de la dérision, quelques fois de la colère. Ces chroniques de vie étaient un document rare, presque surréaliste.

Ce fut vers cinq heures du matin que Paul tomba sur ce qui fut sans doute les derniers mots écrits par Renaud. La dernière chronique… « J'ai lu le livre de Paul, j'ai lu *La Lettre…* »

Saran la relut trois fois, le cœur au bord des larmes.

C'était un adieu.

C'était un hymne à l'amitié.

# 20

# Vincent, Francois, Paul et les autres...

*Fuveau – Aujourd'hui.*

La campagne était belle, froide, et résonnait encore des éclats de rire et de coups de gueule d'une journée folle, décousue et réussie. Tous les amis de la 3e B étaient là, à l'exception de Renaud que Sylvie, son épouse, avait remplacé avec une élégance discrète. Il était près de 17 heures, mais les verres s'entrechoquaient toujours, trinquaient sans fin aux souvenirs, aux disparus, à la vie et aux destins.

Une longue table avait été dressée dans la véranda qui offrait une vue bucolique.

Mariam et François Contini étaient en vis-à-vis ; près d'eux Serge Ruben, Guillaume Dussalier et Hervé Charolles qui étaient là en célibataires – chacun avait ses raisons de l'être. De l'autre côté venaient Vincent Bonneterre et son conjoint, Miguel ; puis, face à face, se tenaient Sylvie et Agnès qui encadraient Paul en bout de table ; à l'autre bout, en maîtresse de maison aguerrie, Suzanne, d'un œil discret, s'assurait du bon déroulement du repas.

Les retrouvailles avaient été simples, joyeuses et naturelles. Personne n'eut l'impression qu'il s'était passé cinquante-cinq ans depuis cette journée de Mai 1968, sur les bancs de la Sorbonne où, pour la dernière fois, ils s'étaient serré la main avec pour simple ambition d'avoir une vie à faire.

Tous s'étaient racontés, dévoilés, confessés, sans fausse pudeur... L'amitié d'antan s'était si bien retrouvée qu'ils avaient même pris la peine de s'engueuler pour des futilités.

Les excuses d'Hervé Charolles à la cantonade et à l'endroit de Paul avaient été un moment intense. Le masque à terre. Son arrogance affichée lors de leur première rencontre était une armure de pacotille qu'il avait enfilée pour se protéger de sa timidité, de sa peur, de sa gêne... Mais oui, ils avaient fait les quatre cents coups ensemble ! Oui, l'enfance était un pays merveilleux dont on ne devrait jamais complètement partir ; oui, les rêves qu'ils avaient dans leur jeunesse étaient une force, une volonté d'airain propre à enfoncer toutes les portes, à toucher toutes les cimes, une époque d'insouciance où le monde était à portée de main... à portée de leurs mains !

— Moi, je dis qu'on vieillit quand les rêves se transforment en souvenirs ! Voilà ce que je pense ! martela Serge Ruben, le visage un peu rubicond.

— Tu es sûr qu'elle est de toi cette phrase ? se moqua Dussalier.

— Qu'importe qu'elle soit de moi ou de Shakespeare, elle est faite *pour* moi !

— Parce que monsieur Ruben, chausseur pour dames élégantes et riches, intervint Charolles, pense sans doute pouvoir être le nouveau Brad Pitt !

— Je me contenterai d'être le nouveau Serge Ruben.

— Modeste avec ça, continua Hervé avec ironie.

— Je vous ferai remarquer, messieurs, que j'ai chaussé Catherine Deneuve et Lauren Bacall... C'est pas rien. C'est un peu comme si je leur avais donné la réplique.

— Parle à mon pied, ma tête est malade, se gaussa Dussalier.

— Le Spencer Tracy du pauvre! ajouta François Contini qui tirait sur un havane Cohiba, la tête dans un nuage de fumée.

Les vins capiteux sortis de la cave de Paul échauffaient les esprits.

— Dites voir, les gars, se défendit Ruben, vous ne seriez pas en train de faire le procès de la chaussure française de luxe, des fois? À moins que ce ne soit un complot contre le petit juif dont le père faisait 3 % de remise à vos familles?

Paul leva un bras.

— J'arrête les hostilités avant qu'elles commencent! Après tout ce que vous avez bu, j'interdis à cette table toute discussion religieuse ou politique! Peu d'alcool délie les langues, trop d'alcool les rend mauvaises!

Vincent Bonneterre applaudit.

— Bravo, Paul, tu nous avais caché tes talents de moraliste et de philosophe... À quand le prochain livre?

Paul éluda la question.

— Et si je vous proposais plutôt un petit jeu?

— Celui de la vérité? s'amusa Sylvie.

— De la sincérité.

— Paul Saran ne peut pas s'empêcher d'interroger ses invités, lâcha Guillaume Dussalier, chez lui c'est une marotte, une seconde peau.

Agnès posa une main affectueuse sur celle de Paul.

— On t'écoute, Paul.

Il observa son auditoire, un demi-sourire aux lèvres.

— Mes amis, nous sommes, bonne ou mauvaise nouvelle, le résultat du temps qui passe, de cette vie qui coule…

— La mienne fuit comme un vieux robinet, coupa Dussalier.

— Fais-toi un bon joint, lança Serge Ruben, ça colmate les vieilleries.

— Je me suis souvent posé la question, continua Paul, hermétique aux élèves dissipés : est-ce que la vie nous change ? Sommes-nous les mêmes qu'autrefois ou des êtres modifiés par le temps qui passe et l'expérience accumulée ? Chacun doit répondre. Changé, pas changé ?

Vincent Bonneterre leva un bras.

— M'sieur Saran, est-ce qu'on a droit à un ou deux jokers ?

Paul leva le pouce… Il avait compris.

— Personnellement, amorça Serge Ruben, j'ai déjà répondu. Pas changé ! Acteur américain, je voulais être, acteur américain, je serai ! J'ai toujours cette foi, cette hargne… Ce n'est quand même pas ma faute si j'ai dû reprendre la boutique de Papa !

— Donc ton rêve a été brisé, anima Paul.

— Non, empêché, dévié, dérivé… Tant qu'il y a de la vie, y a de l'espoir.

— Mais quels moyens te donnes-tu pour y parvenir ?

— Le mois dernier, j'étais à New York, Paul. Tu crois peut-être que j'y enfilais des perles ? J'y étais pour rencontrer la production du prochain Woody Allen, figure-toi. Je vais chausser Margot Robbie, son actrice… Eh bien, mes potes, croyez-le ou non, j'ai négocié un petit rôle dans le film !

— Tu nous charries ! aboya Charolles. Woody Allen, ça fait trente ans que j'essaie de le choper pour un docu ! C'est l'Arlésienne !

— Moi, je l'ai chaussé ! Certains arrivent à la force du poignet, j'y arriverai par le pied !

— J'avais entendu dire qu'il arrêtait le cinéma, s'invita Agnès.

Serge chassa cette vilaine remarque d'un geste de la main.

— S'il fallait écouter toutes les rumeurs.

Paul pointa Contini du doigt.

— Et toi, François, es-tu toujours le même ou l'expérience de la vie a-t-elle fait de toi un autre homme ? Changé ? Pas changé ?

— Évidemment qu'il a changé !

C'était Mariam qui s'était invitée dans la valse, laissant François bouche bée.

— Il s'apprêtait à faire une carrière plan-plan, reprit-elle, avec une belle maison versaillaise, une clinique privée, une clientèle de luxe, des amis riches avec qui partager un bon gigot le dimanche, une femme comblée dans un bonheur bourgeois, des enfants bien élevés qui attendent l'héritage… et l'accident de parcours, le voyage en Afrique, la rencontre avec une belle Éthiopienne, la vision d'un monde qui souffre, puis la course à l'argent… pour les autres, les dispensaires, les fins de mois difficiles, les enfants déshérités qu'on adopte… Oui, changé du tout au tout ! Et pour le meilleur !

Ils s'embrassèrent.

— Tu es d'accord avec Mariam, François ?

— Oui… et non.

Contini, homme de science, était aussi un homme de lettres et de philosophie.

— Je serais tenté de te citer Confucius pour te répondre : « L'expérience est une lanterne que l'on porte sur le dos et qui n'éclaire que le chemin parcouru. »

— Intéressant... Et comment le médecin des déshérités de l'Afrique, le créateur de dispensaires, interprète-t-il une telle citation ? Si tu veux dire par là que ta propre expérience éclaire le chemin de tes enfants et leur ouvre une voie, c'est bien, mais tu ne réponds pas vraiment à la question.

— Ce n'est pas le sens que je mets dans cette maxime. J'y vois plutôt l'impuissance de l'expérience pour avancer. Cette lanterne n'éclaire pas le chemin qui vient... Donc pour répondre clairement à ta question, je dirais que la vie a fait de moi l'enfant que j'ai toujours été... Et que Mariam m'a aidé à ne pas devenir un vieux con... Enfin, j'espère !

— Je valide, applaudit Paul, cela me rappelle ce que me disait avec humour Gérard Lanvin qui est resté un de mes bons amis depuis quarante ans : « Si l'expérience servait, on ne s'enrhumerait plus ! »

— Bravo Gérard ! applaudit Serge Ruben. Lanvin aurait fait un merveilleux acteur américain !

Peu à peu, chacun s'était pris au jeu des confidences sous l'arbitrage bon enfant de Paul. Hervé Charolles avait rapidement fait le bélier récalcitrant. Il n'était pas d'accord avec toutes ces « fadaises » sur la jeunesse, l'insouciance nécessaire, les rêves que l'on poursuit... La brutalité du monde, les horreurs qu'il renfermait, lui avaient remis les deux pieds dans la réalité. Cette théorie de « la part d'enfant resté en chacun de nous », c'était bon pour les gogos. Lui avait grandi, ouvert les yeux pour ne plus jamais les refermer.

— Enfin, les gars ! grogna-t-il. Réveillez-vous, on n'est plus en culottes courtes !

Suzanne coupa Charolles dans son envolée lyrique.

— Vous vous trompez, Hervé. Vous n'avez pas foncièrement changé... D'après ce que m'a raconté Paul, lorsque vous étiez jeune, vous aviez déjà ce goût de photographier l'événement... Votre colère s'est étoffée sans doute face à la misère du monde, mais vous avez toujours cette âme de rebelle !

Il haussa les épaules avec un demi-sourire.

— Moi aussi, j'ai changé ! Si vous croyez qu'enfant j'ai eu le temps de rêver !

Vincent Bonneterre, pourtant à la nature généreuse, amicale et légère, semblait penser comme Charolles. Il avait trop longtemps lutté contre ce qu'il pensait être des démons... « L'inverti, le contre-nature qui avait dû s'inventer une normalité », un paraître...

— Je peux vous dire que le gamin de militaire que j'ai été a évolué dans un monde de faux-semblants, alors l'enfance comme modèle, très peu pour moi... Ce « paradis perdu » n'a été qu'un espace de souffrance !

Seul le passage à la vie d'adulte lui avait permis de s'émanciper. Pour Vincent, la réponse était oui, mille fois oui, la vie l'avait changé, les douleurs et les regards sombres l'avaient transformé. La chenille corsetée était devenue un papillon aux ailes géantes. Il s'était fait un monde en couleur, sans cynisme, ouvert et gai... totalement gay !

Paul lui sourit.

— Merci Vincent, merci pour ton courage, ta confiance et ton amitié.

Il se tourna vers Agnès qui, ne voulant pas ajouter à la « misère du monde » et peu encline à libérer sa parole, avait pris tous ses jokers. Un silence gêné avait plané, mais le respect s'était imposé.

Guillaume Dussalier, quant à lui, s'était rangé dans le camp des « pas changé ». Un léger passage dans le monde des cyniques et des salauds l'avait très vite ramené dans celui de ses utopies, rendu à cette « paresse » de l'homme qui rêve d'île déserte et d'illusions réalisées.

— Enfin, quand même, Guillaume, le brusqua François Contini, comment une tête de classe, je dirais même une « tronche » de classe, qui fait des études formidables, peut-il se retrouver à vendre des poils de bisons dans un bled paumé de Lozère ?

La vieille barbe blanchie de Dussalier le sage sourit.

— Tu sais qu'en Lozère, y'a pas que des bleds paumés... y a aussi des p'tits gars paumés, des oubliés de la chance, des gosses à la dérive dont personne ne veut s'occuper. Et ces gamins, ils ont besoin d'un chemin... Sur le chemin, des fois, il y a des bisons, des vieux bisons avec des poils blancs, alors...

François leva la main et baissa la tête, vaincu.

— Alors, pas changé ! J'ai compris, vieux.

L'émission touchait à sa fin.

Paul Saran tenait-il un nouveau concept ?

Peut-être, mais pas avant qu'il ne se soit jeté lui-même à l'eau...

Autour de la table, tous les regards convergeaient vers lui. Paul eut l'impression que les quatre femmes l'observaient avec plus d'intensité. Suzanne le regardait d'un air amusé et un peu mystérieux.

— Et toi, Paul ? intervint Agnès. Toi qui ne bois jamais une goutte d'alcool. *In vino veritas*, la vérité est dans le vin... Comment connaître ta vérité ? Changé ? Pas changé ?

— Les spiritueux ne m'ont jamais donné d'esprit et j'ai passé ma vie sans joker. Sans hésiter, pas changé !

— Pour toi, la vie ne change pas un homme ?

— Fondamentalement, non. Tu mûris, tu prends des coups, tu tombes, tu te relèves, la vie t'égratigne, te burine, elle te fait pleurer, elle te fait rire, elle te désole, elle t'émerveille, mais au fond, là, dans le cœur, dans les tripes, dans la tête, contrairement à ce que pense Hervé, je crois que tu es toujours le gamin en culottes courtes qui rêvait d'un monde à sa dimension. Bien sûr, chacun son monde, chacun ses rêves… Mais je ne crois pas que l'expérience de la vie nous fasse meilleurs ou pires.

— Et ce n'est pas déprimant de se dire ça ? De se dire qu'on ne peut pas s'amender ?

— Je ne dis pas vraiment ça… Réparer des erreurs, changer d'aiguillage, panser des blessures, ce n'est pas réellement changer ce que nous sommes en profondeur. Et c'est de ça qu'on parle, non ?

Il souriait à la cantonade.

Son regard se posa un peu plus pesamment sur Sylvie Dupeyron.

— Mes amis, j'aimerais vous lire quelque chose.

Il sortit une feuille de sa veste.

— Il y a quelques jours, Sylvie m'a fait cadeau d'un trésor inestimable. Des centaines de chroniques, des centaines de milliers de mots, écrits par Renaud, cinquante ans d'un travail d'entomologiste sur la société. Cela parle de moi, de mes émissions, mais ça parle surtout de vous, de nous, de l'amitié, du temps qui passe… Et j'aimerais que nos retrouvailles lui soient dédiées. Je crois qu'à toutes ces questions qu'on se pose, c'est Renaud qui nous en apporte la plus belle des réponses… Renaud Dupeyron, le chroniqueur de l'amitié.

## Dernière chronique

J'ai lu le livre de Paul, j'ai lu *La Lettre*…

J'ai appris le secret, j'ai eu les larmes aux yeux…

J'ai connu cette femme, cette mère… je l'ai approchée, je lui ai parlé et je ne savais pas.

Peut-on parler d'une émotion rétroactive ?

Cette histoire pourrait être tragique, elle n'est que belle.

Je ne parle pas de la souffrance d'une mère, elle est légitime, je parle du livre, cette idée de livre, cette envie de livre, je parle du souvenir, je parle d'un vieil ami, d'un ami de toujours, de celui qui n'a jamais cessé de croire à son étoile, qui a réussi à faire ce qu'il voulait de sa vie… et peut-être plus encore.

Puis il a rendu hommage à ses parents…

J'ai lu ce livre et j'ai été touché.

L'idée que jamais les racines ne doivent se perdre, l'idée qu'il ne faut jamais oublier d'où l'on vient.

J'ai pensé à Jean-Paul Belmondo et à l'amour qu'il portait à ses parents, à son père, le grand sculpteur, Paul Belmondo…

J'ai pensé au formidable talent de ce comédien dont l'humilité était légendaire. J'ai pensé à lui qui, malgré son succès et l'adulation dont il était l'objet, n'oubliait jamais de remettre son père au milieu du village…

Hélas, je n'ai pas connu Le Magnifique, mais j'ai connu Paul Saran… Oh, je ne fais pas de comparaison, je sais que Paul ne l'accepterait pas. Les artistes d'un côté, les animateurs de l'autre. Il s'est toujours considéré comme un passeur de plats. Ce petit garçon admiratif qui avait la chance de côtoyer tous ceux qui l'avaient fait rêver, l'avaient construit.

J'ai longtemps écrit, décrit, le travail de Paul en le mettant en perspective avec son temps, notre temps. C'est mon côté archiviste, mon côté rat de bibliothèque, cet aspect qui agaçait tant Sylvie…

J'ai aimé voir Paul aller au bout de ses rêves d'enfant et de son ambition. Il n'a pas vrillé. Pour moi, c'était un bel exemple, moi qui n'ai jamais eu d'ambition particulière que d'aimer une seule femme. Cela m'a pris toute une vie.

Peut-être est-ce pour cela que je n'ai pas été très doué en amitié… depuis le temps des copains d'école. Peut-être est-ce un manque d'imagination qui m'a empêché de m'inventer une vie au-dessus de mes moyens.

Je vais devoir mettre un point d'orgue à tout cela et tirer ma révérence comme on dit… J'espère que mes vieux copains ont eu une belle vie, la vie qu'ils méritaient, qu'eux aussi, comme Paul, sont allés au bout de leurs rêves, ont voyagé, ont aimé, beaucoup aimé… la seule chose qui compte vraiment.

Maintenant je vais partir et me dépêcher d'attendre Sylvie, de l'attendre beaucoup, et quand elle me rejoindra, ensemble nous dresserons une grande table et nous convierons tous nos vieux amis. Nous parlerons du bon vieux temps et nous lèverons nos verres à nos amitiés d'orchidée… ou mieux, à nos amitiés éternelles.

Kenavo !

# Épilogue

*Après cette tornade de souvenirs qui s'était abattue sur Fuveau, cette cour d'école retrouvée, bruyante et dissipée, la maison avait retrouvé sa quiétude… Moi aussi.*

*Suzanne était partie à la montagne avec nos petits-enfants. Elle leur avait promis de les accompagner pour leurs premiers pas… sur des skis.*

*Avant de les rejoindre à la fin de la semaine, je disposai donc de quelques jours pour répondre aux interviews concernant la sortie de mon deuxième roman.*

*Le roman de la plénitude, celui du temps qui a passé, de l'amitié, du souvenir, de l'enfance, mais surtout le livre d'un fils.*

*Ce roman, c'est un voyage intérieur, une reconquête de soi… Après toutes ces années passées dans les nuages ou au-dessus des nuages, quelquefois, l'avion s'est posé en douceur, sans turbulences. La route à venir est belle, sereine, loin du bruit de la foule, une route bordée d'enfants à aimer. L'art d'être grand-père n'est pas qu'une poésie.*

*Je pose mon stylo.*

*J'écoute une de mes chansons favorites,* Yesterday *de Paul McCartney ; je l'écoutais déjà en 1965, l'année de la 3e B.*

*Depuis, j'ai découvert la mallette de ma mère et ses secrets. Elle avait choisi, toute sa vie, de garder ses tourments pour elle.*

*Pour vous dire toute la vérité… je me suis souvent interrogé sur les moments tristes que je surprenais chez elle. Elle semblait être là et ailleurs. Moi qui ai posé tant et tant de questions indiscrètes, caché derrière un micro, je n'ai jamais su lui demander pourquoi. Je n'ai jamais* osé *lui demander pourquoi.*

*Mais ça…*

*ne le dites surtout pas à Emma.*

# Table des souvenirs

*Au hasard de ma mémoire, on peut y retrouver...*

1965 – *Yesterday* des Beatles.

1966 – Devant le 22 rue Bayard, c'était radio Luxembourg. Devenir animateur, un rêve de gosse.

1967 – La guerre des Six Jours. L'impossible entente. J'ai des amis dans les deux camps.

1968 – Premier amour pendant les événements.

1969 – On a décroché la Lune.

1970 – Mort du Général. Dans la rue, je croise des gens en larmes.

1971 – Avoir vingt ans et la vie devant soi. Je sais ce que je veux faire de la mienne.

1972 – Garde-à-vous. Sous les drapeaux pendant un an.

1973 – En France, « on n'a pas de pétrole, mais on a des idées ». Michel Fugain et son Big Bazar triomphent à l'Olympia. On deviendra amis.

1974 – La télévision annonce la mort du président Georges Pompidou. C'était un 2 avril.

1975 – Merci, madame Veil. Votre loi libère les femmes et les hommes.

1976 – Première émission télé, *Les Visiteurs du mercredi*. J'ai été choisi pour la présenter.

1977 – Onze ans après avoir rêvé devant le 22 rue Bayard, Radio Luxembourg devient RTL. Je suis recruté pour être un des animateurs de la station pour deux mois… J'y resterai quinze ans.

1978 – Un mariage.

1979 – *Les Bronzés font du ski*. C'est ma génération.

1980 – Un divorce.

1981 – Je lance *Avis de recherche* qui deviendra une émission culte de la télévision. François Mitterrand devient président de la République. Son ministre Badinter fait adopter une loi… La peine de mort est abolie.

1982 – *Thriller* de Michael Jackson. Époustouflant !!!

1983 – Rencontre avec Isabelle. Je sais que c'est elle.

1984 – Découverte de Venise. Émerveillé.

1985 – Je lance *Le Jeu de la vérité*. Premier invité, Alain Delon. Nous resterons liés pour toujours.

1986 – Bonjour la 5 !

1987 – Au revoir la 5 ! Retour sur la une, celle de Francis Bouygues.

1988 – Ma fille Margaux.

1989 – Un mur s'écroule à Berlin. Un nouveau monde se construit. Je suis heureux pour les familles qui se retrouvent.

1990 – Mon fils Thomas.

1991 – 40 ans en Irlande, à Cashel Bay. Je ne veux plus qu'on me souhaite mon anniversaire. Déjà la hantise du temps qui passe.

1992 – Un ami s'en va en plein été. Je n'y crois pas. Michel Berger est mort !

1993 – Les 50 ans de Johnny au parc des princes. Grandiose !!!

1994 – Le tunnel sous la manche nous rapproche de l'Angleterre.

1995 – Un procès qui relaxe.

1996 – Je rejoins Jean-Pierre Foucault sur RMC. Tous les jours à l'antenne à 10 heures.

1997 – Un voyage loin, très loin. Un mois en Australie, Papouasie, Nouvelle-Guinée. Nous quatre, Isabelle, Margaux et Thomas… Que de souvenirs !

1998 – Champions du monde.

1999 – Les Alpilles brûlent. Ma famille est en Provence.

2000 – 11 octobre. Au revoir, Papa.

2001 – 11 septembre. L'Amérique tremble, ses tours s'effondrent. Chacun se souvient où il se trouvait à ce moment-là.

2002 – Changement de monnaie. Voici l'euro.

2003 – La canicule frappe la France. L'été se passe mal à la maison. Ma mère n'est pas bien.

2004 – Notre chienne, Birdy, un border collie, ne nous fera plus la fête après sept ans de fidélité.

2005 – *Je ne vous oublie pas.* Céline Dion chante son attachement à son public. Cette chanson me parle.

2006 – L'explosion des réseaux sociaux. Le pire comme le meilleur. Attention danger ! Je préfère la réflexion à la réaction.

2007 – Un ami de plus de vingt ans est élu à la présidence de la République.

2008 – Crise financière la plus grave depuis les années 1930.

2009 – Sur France 2, *Mot de passe.* C'est un jeu. J'ai signé pour trois mois, je l'animerai pendant sept ans.

2010 – Sur France 2, toujours, j'anime plusieurs *primes* consacrés aux *Stars du rire.*

2011 – « Mes chers parents, je pars. » Nos enfants quittent le nid.

2012 – Emma est atteinte d'un cancer.

2013 – 14 avril. Au revoir, Maman.

2014 – Premières randonnées de Compostelle. Aubrac.

2015 – Le Bataclan. C'est l'horreur !

2016 – L'Amérique est capable de tout. Arrivée de Donald Trump.

2017 – On le croyait immortel. Tant et tant d'émissions avec ce personnage hors du commun. Les obsèques de Johnny à La Madeleine.

2018 – Mon voisin de Provence, mais surtout l'homme qui interprète les plus belles histoires, les plus belles chansons, avec lequel nous parlions pendant des heures de ce métier… Charles Aznavour ne chantera plus.

2019 – Covid ? Qu'est-ce que c'est ? Tous aux abris.

2020 – Mon métier m'a permis de bien le connaître. Respect. C'était un gentilhomme. Belmondo, Bebel, est parti en passant par les Invalides. La musique du *Professionnel* l'accompagne.

2022 – Je rejoins Europe 1 pour une émission d'interviews. Après soixante-dix ans de règne, la reine est morte, vive le roi !

2023 – Nous dix… Isabelle, Margaux, Jean-Christophe, Brune, Lou, Thomas, Juliette, Jean, Anna et… moi partons en voyage tout simplement pour être ensemble… pour partager la vie, s'aimer et… se le dire.

2024 – Septembre. Après *La Lettre*, mon premier roman, sortie du deuxième : *Ne le dis surtout pas à Paul.*

# Table

Achevé d'imprimer par Rotativas de Estella,
en août 2024
Dépôt légal : septembre 2024

*Imprimé en Espagne*